SLAIGHTEARA

Is fhada o bha fhios aig an t-saoghal mhòr air cho comasach 's a bha Tormod MacGill-Eain, co-dhiù a bha e a' teagasg sgoile, ri bàrdachd, ri seinn, ri pìobaireachd no ri amadanachd air an àrd-ùrlar no air an telebhisean. Bha sin gun tighinn air na caran eile a rinn e eadar Canada, Florida, California, Meagsago is Venezuela. Ach ann an 1996 nochd e taobh eile dhe chuid thàlannan leis an nobhail *Cùmhnantan* (Clò Loch Abair), sgeulachd air saoghal an telebhisean, le a chothroman 's a bhuairidhean, is air mar a bha a' dol dha na Gàidheil ann. Cha b' fhada gus an robh an ath nobhail ga cur an tairgse an leughadair, ach bha *Keino* (Clò Loch Abair, 1998) glè eadar-dhealaichte, is i a' dèiligeadh ri gaol, miannan na feòla, cionta is sàbhaladh ann an cainnt a bha brìoghmhor, siùbhlach agus, aig amannan, borb. Tha taobh eile a-rithist de chomas sgrìobhaidh Thormoid a' nochdadh ann an *Dacha Mo Ghaoil* (CLÀR, 2005, fon t-sreath Ùr-Sgeul), le sgeulachd spòrsail, èibhinn. A-nis tha *Slaightearan* againn, is e fhèin làn fealla-dhà cuideachd.

O chionn bhliadhnaichean tha Tormod air a bhith air ais ann an Glaschu, far an do rugadh e, ged a fhuair e cuid dhe thogail ri taobh Loch Airceig is ann am Beinn a' Bhadhla. Bha a mhàthair à Uibhist is athair à Tiridhe. Chaidh e dhan sgoil is dhan Oilthigh sa bhaile, is thug e greis mhath a' teagasg sgoile air feadh Alba, eadar Lìonal, Inbhir Losa, Cille Chuimein, Glaschu 's an t-Òban. Choisinn e cliù mòr ri linn dà phrìomh dhuais a' Mhòid Nàiseanta – airson bàrdachd is airson seinn – a bhuannachadh san aon bhliadhna, 1967. Greis às dèidh sin thòisich e air obair, mar a chanas e fhèin, mar ghlaoiceire, agus 's ann san riochd sin, is mar fhear-ciùil, as eòlaiche air fhathast.

Slaightearan

Tormod MacGill-Eain

CLÀR

CLÀR

Foillsichte le CLÀR, Station House, Deimhidh,
Inbhir Nis IV2 5XQ Alba
A' chiad chlò 2008

Air a chur ann an clò Minion
le Edderston Book Design, Baile nam Puball.
Air a chlò-bhualadh le Gwasg Gomer, A' Chuimrigh
Tha clàr-fhiosrachadh foillseachaidh dhan leabhar seo
ri fhaighinn bho Leabharlann Bhreatainn

LAGE/ISBN: 978 1-900901-30-7

ÙR-SGEUL

Tha amas sònraichte aig Ùr-Sgeul – rosg Gàidhlig ùr do dh'inbhich a bhrosnachadh agus a chur an clò. Bhathar a' faireachdainn gu robh beàrn mhòr an seo agus, an co-bhonn ri foillsichearan Gàidhlig, ghabh Comhairle nan Leabhraichean oirre feuchainn ris a' bheàrn a lìonadh. Fhuaireadh taic tron Chrannchur Nàiseanta (Comhairle nan Ealain – Writers Factory) agus bho Bhòrd na Gàidhlig (Alba) gus seo a chur air bhonn. A-nis tha sreath ùr ga chur fa chomhair leughadairean.

Ùr-Sgeul: sgrìobhadh làidir ùidheil – tha sinn an dòchas gun còrd e ribh.

www.ur-sgeul.com

Bidh duine fìrinneach pailt ann am beannachdaibh; ach esan a nì deifir gu bhith saidhbhir, cha bhi e neoichiontach.

Gnàth-fhacail 28.20

Clàr-Innse

1

Cidhe Ùige

Mise, 's ann à Caolas Fhlodaigh am Beinn a' Bhadhla a tha mi. Murchadh mac Raghnaill na Fìon a chanas iad rium. Seo mi nam shuidhe air an t-sòfa air beulaibh an teine ann an taigh beag ann an Shawlands an Glaschu. 'S e latha fionnar anns a' Ghearran a th' ann agus tha mi a' leughadh leabhair mu eaconomachd 's bho àm gu àm a' sgrìobhadh rudan ann an leabhar-notaichean. Tha deuchainnean againn an ceann shia seachdainean ann an Oilthigh Shrath Chluaidh, far a bheil mi ag ionnsachadh Staitistic, Eòlas-Comainn, Eòlas-Inntinn agus Riaghailtean-Obrach. Tha mi airson gun toir mi a-mach Postgraduate Diploma in Personnel Management. Is doirbh leam a chreidsinn gu bheil mise, plumaire a tha a' streap ri dà fhichead bliadhna a dh'aois agus a tha a' smocadh 's ag òl cus, nam oileanach a-rithist. Agus gu bheil an obair a' còrdadh rium!

A dh'innse na fìrinn, chan eil mi cho dèidheil air an drudhaig agus a b' àbhaist dhomh a bhith. Tha mi fhathast trom air an tombaca ach tha mi air gearradh sìos gu mòr air an deoch.

Tha fuaim iuchrach a' fosgladh an dorais a-muigh a' cur casg air mo smaointean. An ceann dà mhionaid tha boireannach òg brèagha a' tighinn a-steach dhan rùm 's i a' giùlan dà ghlainne bheag de Disaronno, licèar Eadailteach air a bheil an dithis againn a' fàs miadhail. Suidhidh i rim thaobh agus bheir i pòg bheag dhomh air mo ghruaidh. Gabhaidh an dithis againn balgam beag beusach agus cuiridh sinn na glainneachan sìos gu modhail air bòrd beag ceart-cheàrnach air ar beulaibh.

Seo Raonaid, nighean dotair, às Uibhist a Tuath. Tha i fichead bliadhna nas òige na mise agus, ma tha sinn a' bruidhinn air PR, chan eil boireannach eadar am Buta Leòdhasach agus Ceann Bharraigh a thig suas rithe. A dh'aindeoin cho cruaidh 's a dh'fheuchas tu, chan eil rud eile air an laigh do shùil a bheir barrachd tlachd dhut. Sia troighean a dh'àirde, falt fada bàn rèidh sìos gu meadhan a droma, aodann mar aingeal agus cruth a dh'adhbhraich iomadach tubaist-trafaig air na sràidean – tha Raonaid na cunnart do dhuine sam bith aig a bheil cridhe lag. A bharrachd air sin, tha deagh cheann-eanchainn aice cuideachd. Tha i a' leughadh Lagha ann an Oilthigh Ghlaschu, agus chan eil teagamh sam bith ann nach ceumnaich i le Àrd-Urram aig deireadh a cùrsa.

Seo mise agus i fhèin air ar blian, a' gabhail bhalgaman beaga de Disaronno agus a' cabadaich mu dheidhinn mar a chaidh dhuinn aig a' cholaiste an-diugh. Nach ann dhomh fhìn a rinneadh an saoghal!

Bho chionn ochd mìosan no mar sin bha an gnothach air a bhith gu tur eadar-dhealaichte. As t-samhradh 2007 bha mi air a' ghlainne a thràghadh cho luath agus a rachadh agam air. Agus an uair sin bhithinn ag iarraidh tuilleadh sa bhad. Fad bhliadhnaichean bha mi a' lìonadh ghlainneachan le uisge-beatha, Demerara, branndaidh, fìon, leann agus sgudal sam bith air am faighinn mo làmhan. Nach ann orm a thàinig an t-atharrachadh!

Ach 's fheàrr dhomh tòiseachadh aig an fhìor thoiseach, as t-samhradh an-uiridh . . .

"Thèid sinn air chuairt air feadh na Gàidhealtachd leis na sgeidsichean a sgrìobh thu, a Mhurchaidh, agus bidh e dìreach mìorbhaileach." Sin a thuirt Raonaid rium aig toiseach an t-samhraidh. Thuirt an gill-onfhaidh seo gun rachadh agus cha robh sìon a chuimhn' a'm air faclan mo sheanar: 'Ma tha thu gus 'ith ann an trioblaid, 'ille, dèan cinnteach gu bheil thu ga dhèanamh airson prothaid, 's nach ann airson a bhith gad àrdachadh fhèin.' Chaidh 'Piobar is Salann' – sin an t-ainm a thug sinn oirnn fhìn – air an rathad le taic-airgid ceud not bho GASD, agus, an toiseach, rinn sinn meadhanach math – rinn sinn sgràthail fhèin math – ach . . . uill . . . dh'fhalbh an lùths asam . . . chan eil fhios a'm . . . chaidh mi . . . mar gum biodh . . . air iomrall. An oidhche mu dheireadh dhen chuairt, oidhche Luain, mun rachamaid dhachaigh a dh'Uibhist làrna-mhàireach, bha còir againn a bhith a' cluich san Àth Leathann ach . . . uill', chaill sinn an talla . . . Uill, cha do chaill sinn an talla – tha fhios againn far a bheil e, tha e san aon àite fhathast: 's e a bh' ann nach toireadh a' chomataidh dhuinn e. Chùm sinn oirnn a dh'Ùige agus ràinig sinn an taigh-òsta, Cuillin Lodge, agus ma bha gnothaichean eadar mi fhìn agus Raonaid caran cugallach thuige sin, chaidh iad a sheachd mhiosad cho luath 's a choinnich mi ri duine àraidh agus an sgioba telebhisean aige. Tha seanfhacal san teaghlach againne, agus gu dearbh 's ann ormsa a tha e a' freagairt: 'Ma tha sìon ann a dh'fheumas a dhèanamh, is còir dhuinn a dhèanamh ceàrr.' Bha am fear a bha seo, Sam an t-ainm a bh' air, ann an telebhisean . . . agus bha mise ann an shellsuit. Choimhead mi air an uaireadair agam mar gum b' e àrd-ollamh a bhiodh annam a' toirt sgrùdaidh air sgriobt Sanskrit nuair a chaidh an òraid

aig Sam seachad air leth-cheud mionaid. Bha e air tè bheag a cheannach dhomh sa bhàr aig cairteal an dèidh deich, agus a-nis aig cairteal gu meadhan-oidhche, no seachdain na b' fhaide air adhart, bha sinn a' dol a-staigh dhan t-seòmar-bìdh a ghabhail grèim. Bha mo ghiall goirt 's mi a' feuchainn ri sgur a mhèaranaich fhad 's a bha e a' sìor chur às aig àird a chlaiginn mu àiteachan-filmidh ann an Uibhist, mu chleasaichean 's cho aineolach 's a bha iad, agus, gu seachd àraidh, mu dheidhinn airgid. Bha dramannan a' dol, is bha mo bheul-sa gan tràghadh, agus bha feadhainn de mhuinntir an àite a' leigeil orra nach robh iad ag èisteachd, agus bha coltas airsan gu robh e air a dhòigh gu robh daoine a' toirt an aire dha, mar gum biodh e airidh air sin.

"O, seadh, 's mise a sgrìobh Ar Dùthaich Fhìn,*" dh'èigh e is sinn bus ri bus, is e a' slìobadh a chuaileanan le chorragan mar gum biodh e gu math moiteil às fhèin. "'S ann agamsa a tha a' choire, ha, ha. Tha mi ciontach, a bhritheimh. 'S mise an sgrìobhaiche bochd." Bha e a' smaointinn gu robh seo èibhinn . . . Cha robh mise. Ach cha robh fhios a'm dè chanainn. An robh còir agam innse dha gur e cleasaiche, agus sgrìobhadair, a bh' annam fhìn? Am bu chòir dhomh cantail gum faca mi* Ar Dùthaich Fhìn *'s gum b' fheàrr leam a bhith gam sgròbadh seach a bhith ga choimhead? Air neo an robh còir agam cumail orm ag òl gus nach biodh seasamh coise agam? Cha do chuidich e leam gu robh plìonas caran mì-nàdarrach a chuireadh Charles Bronson gu dùbhlan air Sam fad an t-siubhail. Shaoil mi gu robh e a' feitheamh orm feuch an canainn rudeigin, rudeigin a dh'fheumainn a ràdh ris a chionn 's gur e fear ainmeil a bh' ann dheth. Ach bho nach robh fios agam dè bh' ann, b' fheudar dhàsan cumail air a' bruidhinn.*

"Ach 's fheàrr dhomh sgur a bhruidhinn mum dheidhinn fhìn," thuirt e, agus dh'aithnicheadh tu gu robh seo doirbh dha.

"Inns dhomh mu do dheidhinn fhèin. Inns dhomh dè tha thusa a' saoilsinn dhìom." Bha smùid a' chofaidh orm nuair a dh'ith sinn – mi fhìn 's Sam, fear Tong Television, agus Yvonne, am PA aige – anns an t-seòmar-bìdh mu mheadhan-oidhche. Thug mi pòg do làimh Yvonne. Dh'òrdaich mi champagne. Bha dithis no triùir de mhuinntir Tong Television ann cuideachd. Thàinig an aileag orm, mar gum biodh cuideigin a' sìor thoirt sglaisean gu mo chnàimh-gèille. Fhuair mi aon dallag a bha cho làidir 's gun do chuir i mi gu tuisleachadh an comhair mo chinn, agus b' fheudar dhomh a dhol a laighe air mo dhruim-dìreach fon bhòrd gus an do dh'fhairich mi rud beag na b' fheàrr. Shuath mo ghlùin ri tè Yvonne, aon turas, 's an uair sin a-rithist, agus smaointich mi cho mìorbhaileach 's a bha e nuair a bhiodh dithis òg a' teannadh ri tuiteam ann an gaol . . .

An ath latha, an treas latha thar fhichead dhen Lùnastal, ged a bha cùisean gu math dòrainneach an toiseach, eadar ceann daoraich is Raonaid a' dèanamh dranndan, 's ann a' sìor dhol na b' fheàrr a bha iad mar a bha an ùine a' ruith.

23 Lùnastal: 09.00

Sheas Iain MacNeacail an teis-meadhan an àite-parcaidh air cidhe Ùige san Eilean Sgitheanach a' crathadh a ghàirdein agus a' burralaich. Bha e teth, bruthainneach tràth sa mhadainn agus bha fallas air aodann 's air a lèine dhubh le suaicheantas ChalMac air a broilleach. Bha e mu leth-cheud bliadhna, còig troighean 's a sia. Bha brògan àrda troma air agus stamp e a chasan fhad 's a ghlaodh e ann an guth làidir ri bhana bheag gheal a bha a' bocadaich 's a' tulgadh ann an loidhne de chàraichean a bha a' feitheamh ri dhol air an aiseag dha na h-Eileanan Siar. "Thigibh a-mach às a' bhan sin sa bhad," dh'èigh e tro nàdar de chonacag meatailt mar a bhios aig na poilis, agus dh'fhàg sin a ghuth ròcach. "Togaibh ur làmhan san adhar. Tha sibh air ur cuartachadh . . . le càraichean eile. Seo . . . Stiùiriche nan Carbadan a' bruidhinn. Tha 'n dol-air-adhart a tha seo air a chrosadh . . . gu h-àraidh, an teis-meadhan ciudha . . . air cidhe Ùige!"

Choisich Raonaid on taobh thall – oir 's i a bha a' tulgadh na bhana 's a' beatadh air a cliathaich – timcheall air toiseach na bhana agus choimhead i sìos gu tàireil air a' bhodach Sgitheanach. " 'Eil thu dol a dh'iarraidh orm mo mhàileid-làimhe a thilgeil sìos cuideachd, amadain?" thuirt i. "Tha mi a' feuchainn am fear seo a tha am broinn na bhana a chur air a chois."

"O! . . . bha dùil a'm . . ." thuirt Iain.

"Ist, a shalchair!" thuirt Raonaid. "Nach ann an seo a tha 'n aoigheachd do dhithis actaran bochd! Am faca tu idir na tha sgrìobhte air cliathaich na bhana?"

Choimhead MacNeacail gu mionaideach air na litrichean a bha sgrìobhte air cliathaich na bhana. *Comadaidh air Chuairt: Hòro-Gheallaidh le Piobar is Salann.* "Piobar is Salann!" thuirt e le snodha gàire. "Chuala mi mur deidhinn. Chunnaic Màiri agamsa sibh ann an Stafainn turas agus thuirt i gu robh an dithis agaibh a' falbh gu Sàtan . . . air cuibhlichean!" Le duilgheadas, thug e a shùilean far Raonaid agus choimhead e air a' bhana. "'S e Salann a th' air an duine a tha glaiste a-staigh an sin, an e?" thuirt e.

Cha luaithe thuirt e siud na nochd Murchadh, briogais chotain bhreacach air air a bheil na gloidhcearan ann an siorcas glè mhiadhail, agus lèine ghlogach de dhath purpaidh air a bhodhaig. Shluig e dhà no trì thursan agus choimhead e timcheall air fhèin mar gum biodh damh ann an ceò. "'S iomadh daorach chunnartach," thuirt e ann an guth fann, "a ghabh mi fhìn bhon rugadh mi, ach ged a bhiodh iad uile an ceann a chèile, bheat an tè seo uile iad."

"A rèir a choltais," thuirt an Sgitheanach, "chan e salann a dh'fhàg cho tioram an-diugh e. Chanainn-sa gun do ghabh e smùid a' chofaidh am badeigin a-raoir."

"Anns an Allt Bheithe a bha sinn," thuirt Raonaid, agus bha a' bhreug aice. "An oidhche mu dheireadh dhen chuairt, bheil fhios agad?"

"Uill, tha sibh san Eilean Sgitheanach a-nis," thuirt MacNeacail, "'s bidh an t-aiseag a-staigh an ceann uair a thìde. Bheil sibh a' dol oirre?"

"Tha, ghràidhein," thuirt Murchadh ann an guth garbh, "ged a dh'fheumainn snàmh na coinneamh."

"'S dòcha gur e sin a dh'fheumas tu a dhèanamh fhathast, a bhodaich," thuirt MacNeacail le gàire fanaid, "mura bi tiogaidean agaibh. An do cheannaich sibh iad fhathast?"

"À . . . cha do . . . tha mi dìreach a' falbh dhan oifis an ceartuair," thuirt Raonaid le glug na guth.

"Ceart," thuirt Stiùiriche nan Carbadan. "Thallaibh a-null chun a' chiudha thall an sin – Local Traffic – 's faodaidh sibh a' chranàitseach seo fhàgail . . . 's, a nighean, nam bithinn nad bhrògan, dh'fhàgainn am bodach thall an sin cuideachd . . . mum faic Crìosdaidh e. Chuireadh e an t-eagal air an dearg mhèirleach."

Stiùir Raonaid a' bhana a-null dhan àite far an robh *Local Parking* sgrìobhte. Bha gearain Mhurchaidh a' cumail taic ri sgread an einnsein. Nuair a stad i, thionndaidh Raonaid gu Murchadh agus bha fearg na guth. "A Mhurchaidh, sguir dhen othail a th' ort is bioraich do chluasan," thuirt i. "Tha droch naidheachd agam dhut agus tha fhios a'm gum bi thu air do ghonadh nuair a chluinneas tu i."

"A Raonaid, a m' eudail," thuirt Murchadh 's e a' leigeil osna, "chan urrainn dhomh faireachdainn dad nas miosa na tha mi an-dràsta fhèin."

"Chì sinn, mar a thuirt an Dall," thuirt Raonaid.

2

An Stiùiriche

Mise, 's ann à . . . ah . . . 's ann bhon a' Bhac a tha mi. Uill, rugadh mi anns a' Phoiligan, an t-aon mhac aig Oighrig Eachainn, ach chaidh mo thogail an Inbhir Nis, an Obar Dheathain agus ann am Peairt. 'S e Sam Wilson an t-ainm ceart a th' orm, ach 's fheàrr leamsa am far-ainm a thug iad dhomh 's mi gu math òg. 'S e sin 'Sam the Scam'. Cha b' aithne dhomh m' athair riamh – bugair de Ghall a bh' ann a dh'fhàg a bhean an dèidh dhomh a bhith air mo bhreith – agus b' fheudar dham mhàthair bhochd a bhith ag obair do Bhanca an Taobh Tuath ann an diofar àiteachan far an robh i air a bathachadh gu cùl a dà chluais. Nuair a bha mi a' fàs an-àird, bhiodh i an-còmhnaidh gam chomhairleachadh gum bu chòir dhomh obair shàbhailte fhaighinn ann am banca. Bha i deònach, tha mi a' creidsinn, gum fuilingeadh a mac an dearbh chràdh 's a dh'fhairich i fhèin. Nuair a chaidh mi a-steach do shaoghal an telebhisean cha robh i air a dòigh idir. Mar a thionndaidh cùisean a-mach, cha robh a h-obair fhèin cho sàbhailte ris a' chiùird agam fhìn. Fhuair tòrr dhen luchd-obrach aig Banca an Taobh Tuath am peilear, agus thàinig nan àite cruachan de dh'innealan is de choimpiutairean a bhiodh a' cur sàbhaladh dhaoine troimh-a-chèile, agus ag ithe chairtean, agus a' cur a-mach airgead air riadh a chuireadh nàire air an luchd-malairt airgid a sgiùrs Ìosa a-mach às an Teampall. Bhiodh na h-innealan seo a' goid le saors gun mac-màthar beò a' cumail sùil orra.

Coma leibh, co-dhiù, seo mi nam shìneadh air plaide air cabhsair fo dhrochaid ann an sràid ris an can iad an Cowgate an Dùn Èideann. 'S e oidhche fhliuch, fhuar anns a' Ghearran a th' ann agus tha mi fhìn agus deannan dhaoine, a' mhòr-chuid fireann, le aodannan bàna, is dithis bhoireannach nam measg, a' feitheamh gu 'n tig an làraidh mhòr leis an t-sagart agus sgioba òg de bhalaich is clann-nighean a bhios a' toirt a-mach cheapairean is brot dha na diollacha-dèirce aig nach eil dachaighean. Is duilich leam a chreidsinn gu bheil mi fhìn, Sam Wilson, a b' àbhaist a bhith nam Cheannard Dràma agus Prògraman Aithriseach aig Tong Television, a-nis air mo chunntadh mar chuideigin a bhuineas do luchd nam bochd.

"Homeless?" Tha an sagart a' tighinn thugam le muga teth agus roile.

"Not for long," thuirt mi. Tha dùil a'm gum faigh mi air ais còmhla ri Doilìna, an tè a chuir a-mach às an taigh mi nuair a fhuair i a-mach gun do chaill mi m' obair agus gun do theirig an t-airgead mòr.

"Because we're MWH," thuirt an sagart. "Sorry, Meals on Wheels for the Homeless."

"Well, yes, I suppose I am," thuirt mi. "Temporarily homeless."

"I understand," thuirt an sagart. "My name's Kevin."

Thug an sagart am biadh dhomh. "What's yours?" thuirt e.

"Donald," thuirt mi. Thig a' bhreug a-mach às mo bheul gu fileanta. Fad mo bheatha tha mi air a bhith ag innse bhreugan.

Anns an IRA, no Inverness Royal Academy, agus anns an oilthigh an Dùn Dèagh, far an tug mi a-mach Naidheachdas, cha robh mi ris an fhoghlam riamh. Bhithinn a' dèanamh foill air na tidsearan 's air an luchd-teagaisg le bhith a' goid na h-obrach aig feadhainn dhe mo charaidean. Bha an cleachdadh seo na chuideachadh mòr dhomh nuair a ràinig mi saoghal an telebhisean. Gu dearbh fhèin, ma chuireas tu sìos air an CV agad nach eil annad ach am bastar làn fèinealachd, chan eil dolaidh ann an siud.

'S ann agam a tha fios. A' chiad rud a rinn mi nuair a ghluais mi bhon Perthshire Gazette, *far an robh mi nam fhiosaiche dhan luchd-leughaidh a bha dèidheil air a bhith ag iomairt air geall air na h-eich, gu Tong Television, 's e an tuath a thoirt a-mach. Thug mi P45 dha na Riochdairean, dhan Luchd-Taisbein agus dha na Stiùirichean a bha an làthair, agus chuir mi air fhastadh dithis no triùir a dhèanadh mar a dh'iarrainn orra. Chumhainn seo airgead mòr dhan chompanaidh agus bha mi fo dheagh chliù aig a' Bhòrd.*

Nach ann orm a thàinig an dà latha. Bhithinn a' gearradh nan cosgais agus bha na bha mi a' sàbhaladh a' dol nam phòca. Bha mi cho beairteach 's nach biodh cuimhn' agam lathaichean cò am fear dhe na càraichean agam a thug mi leam gu m' obair anns a' mhadainn. Dh'fheumainn a dhol sìos dhan àite-parcaidh agus sùil a thoirt mun cuairt. "À, seadh," bhithinn ag ràdh. "Bha an t-uisge ann nuair a dh'fhàg mi an taigh sa mhadainn an-diugh. Thug mi leam am fear dearg." Ach chaidh a' chuibhle mun cuairt, 's gun do thionndaidh gu fuachd am blàths.

'S fheàrr dhomh tòiseachadh aig an fhìor thoiseach, as t-samhradh an-uiridh . . .

Bha sinn air ar slighe dha na h-Uibhistean – am PA agam, Yvonne, fear-camara, fear-fuaim, sparky agus mi fhìn, am fear os cionn chàich – a' dèanamh film leis an tiotal Ann an Ceumannan Erskine Beveridge. *Dh'fhan sinn ann an taigh-òsta ris an can iad an Cuillin Lodge air oidhche Luain, 's dùil againn gum faigheamaid an t-aiseag gu Loch nam Madadh air Dimàirt an treas latha thar fhichead dhen Lùnastal. B' e siud latha mo dhunaidh 's mo nàire. Ged a bha cùisean gu math gealltanach an toiseach, 's ann a' sìor dhol na bu mhiosa a bha iad mar a bha an ùine a' ruith.*

23 Lùnastal: 09.10

Bha Sam Wilson na shìneadh, dearg rùisgte, air a dhruim-dìreach, an teis-meadhan leapa ann an Rùm 3 ann an Cuillin Lodge. Bha a ghàirdeanan agus a chasan air an sìneadh a-mach ann an cruth X. Bha a cheann air oir air a ghualainn mar gum biodh cuideigin air a thachdadh le lùb uèir bho chùlaibh. 'S e duine àrd, calma a bh' ann dheth, ochd bliadhna fichead a dh'aois, agus de shliochd mharaichean a bha glè eòlach air dìle bhon t-sneachd agus frasan nan stuagh. Bha a ghruag fhada throm, air a dathadh buidhe, a' sruthadh sìos air bhàrr a chluasan 's i ann an cuailean brèid air cùl a chinn. Bha dubhadh-grèine air a chraiceann gu lèir, oir bha e fo bhuaidh nan tanning salons. Dhùisg bìgeil na fòna-làimhe e. Dh'èirich e, sgrìob e a bhroilleach, chuir e air trusgan dhen t-sìoda agus choisich e a-steach dhan taigh bheag. An dèidh dha a dhileag a dhèanamh, nigh e a làmhan agus chuir e a-mach a theanga ris an sgàthan os cionn an t-sinc. 'S ann a bha an teanga sin coltach ri seann chnap de dh'fheòil na bà a bha air a bhith anns a' ghrèin cola-deug ro fhada. Cus thoitean agus cus dibhe a-raoir. Agus a h-uile h-oidhche. Bha seòrsa de leth-chuimhne aige air a bhith na sheasamh aig cuntair a' bhàir a' sìor chur às ri

Yvonne, am PA aige, agus ri marag de dhuine à Beinn a' Bhadhla, agus ged nach cuimhnicheadh e air aodann an duine, bha e glè chinnteach gu robh e fhèin, fear aig an robh lùth na teanga leis, air deagh bheachd a thoirt air an truaghan a bha cho dona air mhisg 's gu robh e a' feuchainn ri dèanamh suas ri Yvonne. Nach b' e a' ghloidhc! Leig e sin às inntinn gu math ealamh.

B' e seo an t-àm bu mhiosa dhan a h-uile duine a bha an lùib telebhisean agus a bha an ìmpis sgrìob a thoirt dhan tuath los gum filmeadh e prògram a bhuannaicheadh BAFTA eile 's a bheireadh cliù dhan ùghdar. B' e seo an t-àm nuair a b' fheudar dha e fhèin a tharraing a-mach à cadal, gun duine beò còmhla ris, 's e a' sealltainn air a theanga ghrod anns an sgàthan, a' suathadh a shùilean dearga, agus a' làimhseachadh asbhuain air a ghruaidhean. Thàinig beachd-smaoin thuige, dìreach airson dioga, am b' fheuch dha a shaothair. Los gum faigheadh e cuidhteas na smaointean a bha ga fhàgail fo sprochd, chuir e roimhe gun rachadh e dhan fhras-ionnlaid. Nuair a bha e deiseil ga nighe fhèin, dh'fhairich e fada na b' fheàrr, agus thuirt e ris fhèin ann am Beurla, "Rangers 3 – Celtic 1." Thuirt e, "Have we visions to mix and awards to be won? Yes, Sam, baby, you certainly have!" Theann an ràsar-dealain aige ri crònan, agus bha srann aig a cheann-eanchainn fhèin cuideachd. Bheireadh e rannsachadh anns gach àite a b' fhiach smaointeachadh air anns an rùm feuch an robh càil ann a dh'fhaodadh e a ghoid, agus bheireadh e sùil air a' mhàileid far an robh a thasgaidh agus a chridhe.

Thill Sam dhan t-seòmar-cadail agus chuir e air aodach a shaoil e a bhiodh freagarrach do cheannard sgioba telebhisean – briogais Chino air dath khaki, brògan Timberland, lèine gheal le suaicheantas Tong Television oirre agus currac ghorm, a bile air a seatadh air cùl a chinn far an robh na faclan *Alere Flammam* sgrìobhte. Choimhead e air uaireadair. 09.25. Thog e màileid-làimhe dhearg – bha mu cheithir dhiubh sgapte air feadh an làir – agus dh'fhosgail e i le corragan critheanach. Sheall e le ùmhlachd air dusanan de phacaidean beaga de dh'aran-goirid, de chofaidh is siùcar, agus crogain bheaga silidh – an seòrsa blasad bìdh a gheibhear faisg air a' choire ann an iomadach taigh-òsta. Chagair e gu spreagach: "Mìorbhaileach!"

3

Ban-Tuathach

Mise, 's ann à Uibhist a Tuath a tha mi. Tha m' athair na dhotair – 's e Seòras Sheumais Bhàin a chanas iad ris – is tha mo mhàthair na tidsear pàirt-ùineach ann am bun-sgoil. Tha dà bhràthair nas òige agam a tha fhathast an Sgoil Lìonacleit. Tha gaol mo chridhe agam orra air fad, ach tha cnap-starradh ann. Cha toigh le duine aca am fear a tha an ath doras rium a' feitheamh air a' bhrot-èisg a tha mi a' còcaireachd dha an-dràsta anns a' chidsin ann am flat a th' agam air màl ann an Shawlands. Tha esan an-dràsta na shìneadh air an t-sòfa a' leughadh. Dè an tarraing a th' ann dhòmhsa?

Murchadh? Càit an tòisich mi? Smaointich sinn air pòsadh . . . uill, bha sinn a' smaointinn mu dheidhinn . . . ach chan eil mi cinnteach. 'S fìor thoigh leam Murchadh. Cha tig fear eile na àite.

A dh'innse na fìrinn, chan eil fhios agam. Chan eil fhios agam a bheil dòchas ann dhuinn aig an àm seo. Thàinig mi gu co-dhùnadh gur esan am fear a bha mi ag iarraidh, agus math dh'fhaodte gur e droch cho-dhùnadh a bh' ann, ach sin an rud a rinn mi co-dhiù, agus seo mi ann an seo. Air m' onair, chan eil fhios a'm ciamar a ghabhas sin atharrachadh. 'S fìor thoigh leam Murchadh, agus tha mi a' feuchainn ris an rud ceart a dhèanamh. Tha dòchas an sin, air neo chan eil.

Murchadh . . . M' athair is mo mhàthair . . . Agus cion airgid. Sin na rudan as motha a tha cur dragh orm. 'S e Murchadh as cudromaiche. 'S e duine air bheag stàth a th' ann. Chan eil ciùird aige, tha e gus a bhith dà fhichead bliadhna a dh'aois, tha e air a bhith air an 'Out-of-work' bhon a chaidh a bhreabadh a-mach às an oilthigh agus . . . tha e ag òl cus. Uill, chan eil e air a bhith cho trom oirre bho chionn ghoirid. Tha e air oidhirp a dhèanamh. Ach, a dh'aindeoin gnothaich, bidh e toirt gàire orm aig amannan – 's e tha mi ciallachadh, tha mi comhartail na chuideachd. Chan eil mi smaointeachadh gun tèid agam air an gnothach a dhèanamh mura bi e nam bheatha air dòigh air choreigin. Ach chan eil mi airson mo phàrantan a ghoirteachadh. Dhia, bidh iad ag obair orm gun sgur air sàillibh gu bheil mi a' falbh leis. Uill, chan eil m' athair cho trom orm 's a tha ise, ach tha fhios a'm gu bheil e air a ghonadh . . . Ach 's ann aige fhèin a tha a' choire. "A nighean mo ghaoil," 's fheudar gun tuirt m' athair bochd rium nuair a bha mi glè òg, "dèan cinnteach nach ionnsaich thu dad bho na mearachdan a nì thu: na toir feart air rudan a thachras dhut. Bheil thu tuigsinn? A bharrachd air sin, feuch am bi thu dòchasach, ma tha e an dàn dhut coinneachadh ri seann fhear-òil, gun soirbhich leat, a dh'aindeoin gnothaich. A-nis, tòisich, a nighean: can riumsa an-dràsta fhèin dè tha mi dìreach air innse dhut."

"Dè tha sibh air innse dhomh?" 's fheudar gun tuirt mi is an caothach orm. "Cha do dh'inns sibh dad dhòmhsa. Chan eil mise a' feumachdainn duine sam bith airson rud innse dhomh! Carson an Diabhal a tha sibh gam cheasnachadh? Bidh saoghal agamsa cho brèagha ri òran math Gàidhlig." Agus an dèidh dhomh sin a

chantail, feumaidh gun tuirt m' athair rium is e a' gàireachdaich, "Ho-ho, nach bu tu nighean do Phapaidh!"

'S an uair sin thig mo mhàthair bhochd a-staigh, a gruag cho geal ri caora agus aodach dubh nam banntrach oirre, agus shaoileadh duine gu robh cuideigin air buille a thoirt dhi air bàrr a cinn. Agus feumaidh mise èisteachd ri na sailm ann an Gàidhlig. Tha fhios agad: "Cia fhad' a bhios corraich ort, a Dhè, am bi gu bràth? Bidh mi ag gabhail m' ùrnaigh air do shon, a Raonaid," bidh i ag ràdh. "Chuir mi airgead dhan Resuscitation Fund nad ainm. Tha mi 'n dòchas gum faigh thu cuidhteas an duine a tha sin. Tha fhios a'm am bonn mo chridhe gur e deagh nighean a th' annad."

Cumaidh i oirre. "Raonaid," bidh i ag ràdh, "feumaidh tu dhol air an t-slighe dhìrich." Bidh i a' sgrìobhadh gu bùth leabhraichean spioradail ann an Dùn Èideann a h-uile seachdain a dh'fhaighinn meanbh-chlàr de mhinistearan na h-Eaglaise Saoire a' searmonachadh. Tha i airson mo chur gu Lourdes . . . 's cha bhuin sinn dhan Eaglais Chaitligeach ann!

"A mhàthair, chan e tè chrioplach a th' annam," bidh mi ag ràdh rithe.

"'S e crioplach a th' annad nad anam," bidh i a' freagairt. Thighearna, nach math a bhith òg!

Chan eil iad air a shon. Tha iad a' smaointinn gu bheil e ro shean dhomh, gum buin e do dhubh-iomall na tuatha . . . 's gu bheil còir agamsa crìoch a chur air a' chùrsa a tha mi dèanamh sa cholaiste, agus sin an dearbh rud a tha mi a' dol a dhèanamh.

Chan eil fhios agam dè tha mi a' dol a dhèanamh mu dheidhinn an fhir a th' ann. 'S esan mullach is fèitheam mo stòiridh. Mar a thuirt am bodach Barrach, tha mi ann an quadrangle.

Ach 's fheàrr dhomh tòiseachadh aig an fhìor thoiseach, as t-samhradh an-uiridh . . .

Air Dimàirt, an treas latha thar fhichead dhen Lùnastal, tràth sa mhadainn, b' shuarach orm car a chur na amhaich. Ach ma bha cùisean gu math dòrainneach aig fìor thoiseach an latha, b' ann a' sìor dhol na b' fheàrr a bha iad mar a bha an ùine a' ruith.

23 Lùnastal: 09.15

"B' fheudar dhomh cadal sa bhana," thuirt Murchadh 's e a' critheadaich mar slat-iasgaich.

"'N e do chogais a bha gad mharbhadh?" thuirt Raonaid.

"'S e am fuachd a bh' ann," thuirt Murchadh. "Sheall mi mun cuairt a' chiad char sa mhadainn feuch an robh am bodach Scott no Roald Amundsen timcheall. Bhiodh an dithis acasan gam faireachdainn fhèin aig an taigh anns a' bhan' ud."

"Cha d' fhuair thu leabaidh aig a' phàrtaidh?" thuirt Raonaid.

"Cha b' fhiach e am poll," thuirt Murchadh.

"Cha d' fhuair thu boireannach, huh?" thuirt Raonaid.

"Cha robh boireannaich ann," thuirt Murchadh.

"Bha tè chnàmhalach ann!" thuirt Raonaid.

"Uill, bha tè ann air an robh Yvonne," thuirt Murchadh, "a bha ag obair dhan fhear telebhisean ud . . . am fear . . . a bha ceannach dhramannan dhomh a-raoir. Bha dùil a'm gu robh e dol a thabhann obair dhomh . . . bhon a tha mi fhìn 's tu fhèin . . . mar gum bitheadh, er, ullamh."

"O, chan eil sinn ullamh fhathast, a Mhurchaidh."

"Co-dhiù," thuirt Murchadh, "rinn mi nàdar de bhabhsgaid còmhla ri Yvonne is Sam."

"Yvonne . . . Sin an tè air an robh am boilersuit, nach i?" thuirt Raonaid.

"'S i," thuirt Murchadh.

"Brògan àrda Timberland oirre?" thuirt Raonaid.

"Uh-huh," thuirt Murchadh.

"Gruag bhàn oirre," thuirt Raonaid, "air a dathadh, 's i air a gearradh gu ceann?"

"Caran coltach ri sin," thuirt Murchadh.

"Mhurchaidh," thuirt Raonaid, 's i a' gàireachdaich, "chan fhalbhadh i siud leat ged bu tu am fireannach mu dheireadh a bhiodh air fhàgail san t-saoghal. Bha i siud cam, amadain!"

"Ged bu mhi am fireannach mu dheireadh," thuirt Murchadh, agus bha dùbhlan na ghuth, "a bhiodh air fhàgail san t-saoghal, bhithinn fada ro thrang airson gnothach a ghabhail ri leithid!"

"Nach bu tu an rùda!" thuirt Raonaid.

"Raonaid, smaointich mi dìreach," thuirt Murchadh, "gun leigeadh tu leam . . ."

"Dè? Na caraich, a shalchair!" thuirt Raonaid.

"Nach leig thu leam a dhol dhan leabaidh agad anns an rùm agad?" thuirt Murchadh.

"Tha mise a' dol suas gam nighe fhìn," thuirt Raonaid. "Chan-ainn gum biodh . . . còig mionaidean agad innte."

"Cha b' e sin a bha mi ciallachadh idir," thuirt Murchadh.

"Tha fhios a'm taghta dè bha thu ciallachadh," thuirt Raonaid.

"An inns mi dhut mun bhabhsgaid a rinn mi?" thuirt Murchadh.

"Chan inns," thuirt Raonaid. "Tha mi air mo leamhachadh eadar a h-uile babhsgaid a th' ann." Thionndaidh i a h-aodann ri Murchadh. "Mhurchaidh, feumaidh sinn bruidhinn."

"Dè tha dhìth ort?" thuirt Murchadh.

"Cha do dh'iarr mi dad ort riamh, an do dh'iarr?" thuirt Raonaid.

"Cha do dh'iarr," thuirt Murchadh. "Ach nan iarradh, dhèan-ainn rud sam bith dhut."

"'S math leam sin a chluinntinn, a Mhurchaidh," thuirt Raonaid. "Ach bha mi riamh onarach riut, nach robh?"

"Bha," thuirt Murchadh.

"Ge b' e air bith dè na fhuair sinn aig na cèilidhean, nach tug mi dhut an dara leth dheth?" thuirt Raonaid.

"Thug," thuirt Murchadh.

"Cha do dh'fhosgail mi mo bheul riamh riut mu dheidhinn thu a bhith ag òl tuilleadh 's a' chòir," thuirt Raonaid.

"Cha do dh'fhosgail riamh," thuirt Murchadh gu sìmplidh.

"Tha mi air a bhith nam dheagh chompanach dhut," thuirt Raonaid.

"Tha," thuirt Murchadh.

"Oir dh'fhaodainn a bhith gu math leamh riut nan tograinn," thuirt Raonaid.

"Ceart gu leòr," thuirt Murchadh. "Dad ort, a Raonaid – leig leam –"

"Dh'fhàgainn air an t-sitig thu nam bithinn deònach," thuirt Raonaid. "Tha fhios a'm dè rinn thu ann an Goillspidh. Bheil cuimhn' agadsa air an oidhche sin?"

"Tha!" thuirt Murchadh gu brònach. "Tha cuimhn' a'm air an oidhche sin."

"'S math sin," thuirt Raonaid. "Anns a h-uile h-àite far an robh sinn ag obair sgrìobh mise gu mionaideach a h-uile sgillinn ruadh a thug sinn a-staigh aig an doras. Tha *fhios* a'm dè as còir a bhith ann."

"Nach inns thu dhomh dè tha dhìth ort?" thuirt Murchadh.

"Bheil mi gad chumail air ais bho rud sam bith?" thuirt Raonaid.

"Feumaidh mi cuideigin fhaicinn anns an taigh-òsta," thuirt Murchadh.

"Yvonne?" thuirt Raonaid.

"'S dòcha," thuirt Murchadh.

"Tè na feusaig?" thuirt Raonaid.

"Nis, a Raonaid," thuirt Murchadh, "cha ruig thu leas a bhith cho mì-mhodhail riumsa dìreach a chionn 's gun do rinn mi mearachd bheag air choreigin shuas ann an Goillspidh."

"Mearachd bheag air choreigin?" thuirt Raonaid.

"Raonaid," thuirt Murchadh, 's e a' leigeil osna, "tha mi cho sgìth ri seann chù. Ghabh mi smoidseag bheag còmhla ri . . . umh, caraidean, a-raoir. Sin uile. Tha mi faireachdainn mar gum biodh ugh air ghlugaman an-diugh. Tha mi . . . 's e tha dhìth orm ach cadal, bheil fhios agad? Ach 's e tha dhìth ortsa ach . . ."

"Facal a ràdh riut?" thuirt Raonaid. "Tha thu bruidhinn trealaich fad na h-oidhche còmhla ri na 'caraidean' agad, ach chan eil mionaid agad airson a bhith bruidhinn riumsa?"

"Tha fhios agad gu robh mi a' dèanamh PR a-raoir . . . los gum faighinn – los gum faigheamaid – obair," thuirt Murchadh.

"'N e sin a bha thu a' dèanamh?" thuirt Raonaid. "Shaoil mise gu robh thu a' slìobadh tòinean Yvonne is Sham. Carson nach tigeadh tu suas an staidhre còmhla rium aig meadhan-oidhche?"

"Thàinig mi," thuirt Murchadh. "Bha thu air an doras a ghlasadh."

"Chuala mi thu," thuirt Raonaid. "Aig ceithir uairean sa mhadainn."

"Chaidh mi sìos an staidhre a-rithist," thuirt Murchadh.

"O!" thuirt Raonaid. "Chaidh thu sìos a ghabhail dhramannan eile cuide ris na 'caraidean' agad?"

"Cha deach mi!" thuirt Murchadh. "Chaidh mi dhan bhana. Agus cha b' ann ro thoilichte a bha mi. Bha fadachd orm gus an tigeadh an oidhche mu dheireadh dhen chuairt againn."

"Tha mi creidsinn gu robh," thuirt Raonaid. Labhair i gu stòlda: "Tha an latha mòr air tighinn, a Mhurchaidh," thuirt i.

"Cò air bho thalamh a tha thu a-mach?" thuirt Murchadh.

"Tha sinn ann an aimhean," thuirt Raonaid. "Broilleach na bochdainn, a Mhurchaidh. Tha am botal, uh . . . tràighte, tha an teine mùchte . . ."

"Dè – dè th' againn air fhàgail dhen airgead?" thuirt Murchadh.

"Seachd nota deug thar fhichead, leth-cheud sgillinn 's a trì," thuirt Raonaid.

"Chan eil mòran an sin," thuirt Murchadh.

"Chan eil," thuirt Raonaid. "Ach tha gu leòr ann airson . . . uill, tha fhios agad fhèin, nach eil?"

"Chan eil, chan eil fhios a'm," thuirt Murchadh. "Tha gu leòr againn airson dè?"

"Tha gu leòr ann airson an rùm a phàigheadh agus a bhith a-mach à seo ro mheadhan-latha," thuirt Raonaid.

"Cha robh mise san rùm ach mu dhà mhionaid!" thuirt Murchadh. Smaointich e airson dioga. "Tha trì uairean a thìde againn, mar sin . . . cha mhòr?" thuirt e.

"Nach e an tidsear agad an Cnoc na Mòna a bhiodh moiteil asad an-diugh, nam faiceadh i cho math 's a tha thu air cunntais!" thuirt Raonaid.

"Bha mi dìreach a' smaointeachadh gu robh ùine gu leòr againn airson . . ." thuirt Murchadh.

"Airson dè?" thuirt Raonaid.

"Airson . . . tha fhios agad . . ." thuirt Murchadh.

Rinn Raonaid gàire agus thuirt i, "Chan eil fhios agam."

"Uill . . . airson a dhol a shìneadh còmhla," thuirt Murchadh. "Dìreach airson mi fhìn a bhlàthachadh. Theab mi reothadh sa bhana a tha seo."

"Ma tha thu fuar, cuir ort do Long Johns," thuirt Raonaid. "Mu dheidhinn rud sam bith eile, leig às d' inntinn e."

"Okay, okay," thuirt Murchadh. "Pàighidh tu an loidseadh . . . ro mheadhan-latha. Dè bhios againn air fhàgail?"

"Seachd no ochd nota deug . . . agus na corran," thuirt Raonaid.

"Dè tha sinn a' dol a dhèanamh leis a sin?" thuirt Murchadh.

"Thèid agam air tiogaid a cheannach a bheir air ais a dh'Uibhist mi," thuirt Raonaid.

"Dè mu mo dheidhinn-sa?" thuirt Murchadh.

"Fuirichidh tu an seo . . . còmhla ri Yvonne," thuirt Raonaid.

"O, Dia gam shàbhaladh!" thuirt Murchadh.

"Ceàrr, a Mhurchaidh," thuirt Raonaid. "'S tu fhèin a bhios gad shàbhaladh."

"Ciamar?" thuirt Murchadh.

"Bheil thu airson gun seall mi dhut na rinn sinn de dh'airgead?" thuirt Raonaid. Shìn i leabhar-nota dha. Cha b' urrainn do Mhurchadh coimhead air.

"Tha sinn ceart gu leòr, a Raonaid," thuirt Murchadh gu h-iriosal. "Tha earbsa agam asad."

"Chan eil agamsa asadsa, ge-tà," thuirt Raonaid. "Bheil fhios agad air a seo, a Mhurchaidh?"

"Dè?" thuirt Murchadh.

"Dh'fhaodamaid fortan a dhèanamh air a' chuairt a bha seo," thuirt Raonaid.

"Dh'fhaodadh," thuirt Murchadh.

"Chaidh a h-uile sìon cho math dhuinn bho thoiseach," thuirt Raonaid.

"Chaidh . . . Bha mise – bha *sinne* mìorbhaileach anns Na Hearadh, an Uibhist agus am Barraigh . . . cuideachd an Earra-Ghàidheal 's an Loch Abar . . ." thuirt Murchadh.

"'S an uair sin thachair rudeigin ann an Goillspidh," thuirt Raonaid.

"Seadh . . . Goillspidh," thuirt Murchadh.

"Chan eil thu airson gun toir mi iomradh air Goillspidh, a Mhurchaidh, a bheil?" thuirt Raonaid.

"Chan eil," thuirt Murchadh.

"Okay," thuirt Raonaid. "Ach tha an t-àm a' teannadh dlùth. Dh'fheuch sinn ri airgead a dhèanamh às na cèilidhean is dh'fhaillich e oirnn. Feumaidh sinn rathad eile fheuchainn. Agus feumaidh tusa faighinn cuidhteas an luideag a th' ort."

Choimhead Murchadh sìos air aodach. "Dè tha ceàrr air a seo?" thuirt e. An dèidh greiseig thuirt e, "O, tha mi tuigsinn. Aithnichidh daoine gur e 'media person' a th' annam, nach e sin e?"

Thug Raonaid sglais dha bathais. "Ma bhios tu coimhead air na rionnagan air an oidhche, a Mhurchaidh," thuirt i, "am bi an cianalas idir a' tighinn ort?"

4

Chan eil Raonaid Ullamh Fhathast

23 Lùnastal: 09.25

Gu h-obann, leum i a-mach, dh'fhosgail i an doras-cùil agus theann i ri rùrach am measg an aodaich a bha sgapte air feadh an àite. Thilg i na badan aodaich air. "Cuir na luideagan a tha seo ann am poca plastaig," thuirt Raonaid. "Leatsa tha seo . . . triubhas . . . bonaid . . . an teadhair seo – cha chreid mi nach ann led athair a bha seo an toiseach – O, am fàinne a fhuair thu ann a Woolies . . . 's a dh'fheuch thu ri thoirt dhomh ann an Inbhir Nis 's an deoch ort . . ." Thilg i bogsa beag thuige. Cha do ghlac Murchadh e. B' fheudar dha cumail air a' dinneadh trealaich a-staigh dhan phoca phlastaig gus, mu dheireadh, an do thog e bogsa an fhàinne agus chuir e gu cùramach e na phòca. Chùm ise oirre: "Cìochan . . . drathais . . . piorrabhag . . . tromb . . ."

"Uh . . . dhìochuimhnich mi gu robh uiread de stuth agam," thuirt Murchadh.

"Coma leat," thuirt Raonaid. "Tha deagh chuimhne agamsa fhathast."

"Dè tha thu ag iarraidh orm a dhèanamh?" thuirt Murchadh.

"Tarraing!" thuirt Raonaid. "A-mach às mo shealladh!"

"Chuir thu às mo thoinneamh mi," thuirt Murchadh, 's e a' toirt leth-bhotal a-mach às pòca na seacaid aige. Dh'fhosgail e am mullach le snag. "Cha chreid mi," thuirt e, "nach gabh mi balgam dhen seo – deur a fhliuchas mo sgòrnan, a bheil fhios agad?"

Rug Raonaid air a' bhotal agus thug i bhuaithe e. "Tha thu air sgur dhith, a Mhurchaidh," thuirt i.

"Tha mi feumachdainn sradag," thuirt Murchadh.

"Robh thu ga feumachdainn ann an Goillspidh?" thuirt Raonaid.

"Och, siuthad, a Raonaid," thuirt Murchadh, "tha mi dìreach airson 's nach bi mi a' critheadaich mar slat-iasgaich."

"Cha tug a' chrith bàs do dhuine riamh," thuirt Raonaid. "Gheibh thu os a cionn."

"Ann an Goillspidh bha e diofraichte," thuirt Murchadh. "Bha gnothaichean a' tighinn gu crìch."

"A' tighinn gu crìch?" thuirt Raonaid.

"Eadar mi fhìn 's tu fhèin," thuirt Murchadh.

"Mhurchaidh?" thuirt Raonaid.

"Seadh?" thuirt Murchadh.

"An toigh leat mi?" thuirt Raonaid.

Gu h-obann rug Murchadh air a guailnean agus shlaod e i gu bhroilleach. Dh'fheuch e ri pòg a thoirt dhi ach phut i air falbh e.

Rinn Raonaid gàire agus thabhainn i am botal dha. "Gabh balgam beag, a Mhurchaidh," thuirt i, "gu 'n sìolaidh thu sìos."

Dhiùlt Murchadh an deoch.

"Tha sin math, a Mhurchaidh," thuirt Raonaid.

Chaidh Murchadh sìos air a dhà ghlùin agus cha mhòr nach

robh e a' caoineadh. "Èist, a Raonaid," thuirt e, "cha robh mi riamh ach a' dèanamh an rud a b' fheàrr dhutsa."

"An rud a b' fheàrr!" thuirt Raonaid.

"Nach do sgrìobh mi na sgeidsichean èibhinn dhut nuair a bha thu airson a dhol air an rathad?" thuirt Murchadh.

"Ach bu shuarach cho math 's a bha thu gan toirt beò air an àrd-ùrlar," thuirt Raonaid.

"Cha robh an deoch orm fad an t-siubhail," thuirt Murchadh. "Rinn mi math air an Tairbeart . . . Sgoil Lìonacleit . . . Bàgh a' Chaisteil . . ."

"Goillspidh," thuirt Raonaid.

"Ach rinn sinn an gnothach," thuirt Murchadh. "Tha sinn fhathast còmhla."

Choimhead Raonaid air an uaireadair-làimhe aice. "Gu dà uair," thuirt i, "aig a' char as fhaide."

"'S dòcha gun dèanamaid cèilidh eile an seo," thuirt Murchadh.

"Tha mise dol dhachaigh a dh'Uibhist," thuirt Raonaid. "Dèan thusa cèilidh an seo."

"Chan eil fhios a'm," thuirt Murchadh.

"Innsidh mi dhut do roghainn," thuirt Raonaid. "Feumaidh tu airgead fhaighinn."

"Dè am feum a nì sin dhuinn?" thuirt Murchadh.

"Uill, an toiseach," thuirt Raonaid, "gheibh mise m' airgead air ais. Cò aige tha fios? 'S dòcha gun dèan sinn oidhirp eile air tòiseachadh às ùr . . . chan eil fhios a'm."

"Bhithinn – er, *tha* mi deònach gu leòr do chuideachadh, a Raonaid, air dòigh sam bith," thuirt Murchadh. "Tha fios agad air a sin. Bha mi riamh miadhail ort. Ach . . ."

"*Miadhail*?" thuirt Raonaid. "Tha thu deònach a chionn 's gu bheil thu buileach glan *craite* mum dheidhinn."

"Craite?" thuirt Murchadh.

"Tha fhios agamsa dè bu mhiann le do chridhe," thuirt Raonaid.

"Dè rud?" thuirt Murchadh.

"Mise," thuirt Raonaid. "Mise – Raonaid. Nighean an Dotair à Tuath."

"Dè tha thu ag iarraidh orm a dhèanamh, a Raonaid?" thuirt Murchadh. "Bheil thu airson gun reic mi a' bhana?" Chuir e a chorrag air a chluais. "Chan iarradh tu orm m' eileabhag a reic, an iarradh?"

"'S e dìreach smaoin bheag a thàinig thugam . . . uh, beag air bheag," thuirt Raonaid.

"Dè an seòrsa smaoin?" thuirt Murchadh.

"Cuspairean mar a tha cionta is sàbhaladh," thuirt Raonaid.

"O, chan aithne dhomh dad mu na cuspairean sin, a Raonaid," thuirt Murchadh. "'S ann do sgoil Chnoc na Mòna a chaidh mise. Ann am bus beag liath Dhòmhnaill a' Mhuilich."

"O, 's aithne, a Mhurchaidh," thuirt Raonaid.

"Fuirich mionaid," thuirt Murchadh.

"Fuirichidh mi gus am falbh an t-aiseag aig dà uair, ma tha thu ag iarraidh," thuirt Raonaid. Bha dàil bheag ann. An uair sin, chaidh a guth am fuairead. "Carson a dh'fhalbh thu leis an airgead, a Mhurchaidh?" thuirt i.

"Is beag orm a bhith bruidhinn mu airgead," thuirt Murchadh.

"An do cheannaich thu aodach dhut fhèin – rud a tha thu gu math feumach air?" thuirt Raonaid. "Cha do cheannaich! An tug thu deagh chnap dhan tè ud, Tamara? 'S tu nach tug! Rinn thu mar as àbhaist. Dh'òl thu e!" Sguir i a bhruidhinn airson tiota. "Gu dè an comas tàlaidh a tha ann an Yvonne co-dhiù?" thuirt i. "A bheil dùil agad gun dèan boireannach mòr làidir mar sin rudeigin dhut nach dèan tè sam bith eile? An robh thu airson gun cuireadh i teadhair ort mun rachadh sibh dhan leabaidh?"

"Cha robh," thuirt Murchadh.

"An deach do cheangal suas riamh le boireannach, a Mhurchaidh?"

"Cha deach," thuirt Murchadh.

"Cha deach," thuirt Raonaid. "Cha tigeadh droch ghrèidheadh mar sin ri do chàil idir. 'S fheàrr leatsa a bhith air do pheataireachadh le nighean . . . a bhith air do bhàthadh ann an cuan nam mìle pòg."

"Hoigh, tha sin ceart," thuirt Murchadh.

"Ach cha d' fhuair thu dad mar sin riamh, an d' fhuair?" thuirt Raonaid.

"Cha d' fhuair," thuirt Murchadh. "Cha d' fhuair mi sin riamh."

"Ach chòrdadh e riut," thuirt Raonaid, "nam biodh tu fhèin agus nighean òg a' pògadh is a' làimhseachadh a chèile gun sgur? A bhith a' teannachadh, a' pasgadh, a' diogladh agus a' deothal? Murchadh, mac Raghnaill na Fìon, agus caileag òg le beul meachair nan deud geal, dè? Thu fhèin agus . . . mise, mar shamhla?"

"Cha chreid mi nach gabh mi an deoch a tha sin a-nis," thuirt Murchadh.

"Cha ghabh!" thuirt Raonaid. "Bheil fhios agad dè th' agam ort? *Feumaidh* tu fàbhar a dhèanamh dhomh."

"Tha mise falbh, a Raonaid!" thuirt Murchadh.

"Tha a chead agad," thuirt Raonaid. "Cuimhnich, ge-tà, mura till thu an seo ro mheadhan-latha le airgead, thèid d' fhàgail an seo leat fhèin." Rinn i gàire. "Agus cha tèid do bhàthadh ann an cuan nam mìle pòg."

"Dh'fhàgadh tu ann an seo mi gun sgillinn ruadh nam phòca?" thuirt Murchadh.

"Nach eil airgead idir agad?" thuirt Raonaid.

"Deich sgillinn," thuirt Murchadh.

"Bheil thu deònach sùil a thoirt air na cunntasan?" thuirt Raonaid.

"Chan eil!" thuirt Murchadh.

"Cha do shaoil mi gum bitheadh," thuirt Raonaid.

"A Raonaid," thuirt Murchadh, "bidh buannachd agus call ann an gnìomhachas."

"Naidheachd agam dhut, Mhurchaidh," thuirt Raonaid. "Bha buannachd *againn*. Bha call mòr *agamsa*!"

"Cò mu dheidhinn a tha a' bhruidhinn a tha seo?" thuirt Murchadh. "An ann mun airgead a . . . uh, a fhuair mi air iasad?" Sguir e a bhruidhinn airson diog no dhà. "Chan urrainn dhomh cumail air adhart mar seo. Dè nì mi dhut?"

"Cuir air ais an t-airgead, a Mhurchaidh!" thuirt Raonaid.

"Tha mi air fàs seachd searbh dhen chòmhradh tha seo," thuirt Murchadh. "Chan ann a thaobh airgid a tha seo, an ann?"

"Chan ann," thuirt Raonaid.

"Ach tha thusa a' dèanamh a-mach gur ann," thuirt Murchadh. "Biodh agad. Innsidh mi dè tha mi dol a dhèanamh dhut."

"Dè?" thuirt Raonaid.

"Reicidh mi . . . a' bhana . . . m' fhàinne . . . rud sam bith," thuirt Murchadh. "Bheir mi dhut an t-airgead, agus bidh sinn co-ionann."

"Dè thachras an uair sin?" thuirt Raonaid.

"Gabhaidh sinn ar rathad fhìn," thuirt Murchadh. "Tillidh mise chun a' bhodaich 's dhan DSS. Thèid thusa air ais dhan cholaiste, tha mi a' creidsinn."

"Mhurchaidh, nuair a bha thu nad ghille beag an robh tòidh àraidh agad air an robh thu measail?" thuirt Raonaid.

"Bha," thuirt Murchadh. "Bha tractar beag agam a rinn Donnchadh Mhurchaidh dhomh a-mach à canastair sardines."

"Dè thachair dha?" thuirt Raonaid.

"Dè thachair dha?" thuirt Murchadh. "Dè tha thu ciallachadh? Thàinig car ann an tè dhe na cuibhlichean aige agus thuit e às a chèile."

"An do dh'fheuch thu riamh ris a' chuibhle a chur ceart?" thuirt Raonaid.

"Cha do dh'fheuch," thuirt Murchadh.

"Cha do dh'ionnsaich thu riamh ciamar a chàiricheadh tu innealan," thuirt Raonaid. "Mar sin, nuair a tha rudeigin air bristeadh eadar thu fhèin agus cuideigin eile, bidh thusa dìreach a' togail ort."

"'N ann oirnne a tha thu bruidhinn?" thuirt Murchadh.

"'S dòcha," thuirt Raonaid.

"Mise 's tusa, Raonaid?" thuirt Murchadh. "Chan obraicheadh e gu sìorraidh."

"Chan eil smiodam anns an Rùda Bhadhlach a-nis ann!" thuirt Raonaid.

Bha Murchadh a' strì ri bhith urramach. "Raonaid," thuirt e, "nì mi fàbhar dhut. Tha mi deònach do thoileachadh."

"Faigh thusa an t-airgead," thuirt Raonaid, "'s bidh mise toilichte."

"Gheibh mi e . . . an t-airgead a . . . uh, fhuair mi air iasad," thuirt Murchadh.

"A ghoid thu!" thuirt Raonaid. "Chaidh thu dhan sporan agam ann an Goillspidh agus ghoid thu cnap airgid. Cha b' e iasad a bha sin!"

"Nach b' e?" thuirt Murchadh.

"Cha b' e," thuirt Raonaid. "Ghoid thu e! Dh'fhaodadh tu bhith air faighneachd."

"Dh'fhaodadh," thuirt Murchadh, "nam biodh de mhisneachd agam."

"Cheannaich thu deoch leis an *iasad*, nach do cheannaich?" thuirt Raonaid.

"Cheannaich," thuirt Murchadh.

"An toigh leat mi?" thuirt Raonaid.

"Is toigh leam thu," thuirt Murchadh.

"Ach a dh'aindeoin gnothaich," thuirt Raonaid, "chuir thu do chùlaibh rium agus chaidh thu chun na dibhe."

"Èist," thuirt Murchadh, "chan eil mi deònach a bhith bruidhinn air obair dibhe."

"Chan eil mi ach a' faighneachd," thuirt Raonaid. "Ged as mi fhìn a tha ga ràdh, tha fhios a'm gu bheil tarraing annam dha na fireannaich. Ach dhutsa, Mhurchaidh, bha barrachd tarraing anns an deoch."

"Cha robh e cho sìmplidh ri sin," thuirt Murchadh.

"Nach robh?" thuirt Raonaid.

"Cha robh," thuirt Murchadh. "Feumaidh tu a thuigsinn, bha deagh adhbhar agam airson smùid a ghabhail air an oidhch' ud."

"Dè an t-adhbhar?" thuirt Raonaid.

"Bha a' chuairt a' crìochnachadh an ceann latha no dhà," thuirt Murchadh. "Fad an latha sin ann an Goillspidh, dh'fhàs na faireachdainnean annam na bu làidire 's na bu làidire gur ann leam fhìn a bha mi san t-saoghal."

"Leat fhèin?" thuirt Raonaid. "Ach bha an t-àite làn gu spreaghadh an oidhch' ud."

"Mun do thòisich sinn," thuirt Murchadh, "bha mi nam

sheasamh aig doras rùm na comataidh a' liùgadh a-mach air na daoine nuair a bha iad a' tighinn a-staigh, agus ghabh mi iongnadh carson nach biodh beatha mar a bh' acasan agam fhìn: saoghal beag, socair far am biodh tu a' fuireach còmhla ri cuideigin aig am biodh meas ort agus air am biodh meas agad fhèin, far am biodh tu ag obair mar a b' fheàrr a b' urrainn dhut, ged nach biodh soirbheachadh glòrmhor leat."

"Agus?" thuirt Raonaid.

"Agus thug mi mo ghealladh dhomh fhìn gum bithinn taght', agus ghabh mi dram," thuirt Murchadh.

"Agus ghabh thu smùid?" thuirt Raonaid.

"Smùid a' chofaidh," thuirt Murchadh.

"Agus chùm thu ort . . . ann an Inbhir Pheofharain agus anns an Allt Bheithe?" thuirt Raonaid. "Bheil fhios agad nuair nach do nochd thu anns na h-àiteachan sin gu robh agam ri màl a phàigheadh agus airgead nan tiogaidean a thoirt air ais dha na daoine?"

"Cha robh roghainn agam," thuirt Murchadh.

"Tha thu gad mhealladh fhèin, a Mhurchaidh," thuirt Raonaid.

"Ciamar?" thuirt Murchadh.

"Bha cop mud bheul an ceartuair ag innse dhomh mar a chòrdadh e riut nam biodh saoghal nàdarra agad mar a th' aig a h-uile duine eile," thuirt Raonaid. "Breugan! Fad do bheatha, a Mhurchaidh, tha thu air a bhith teicheadh bhon t-saoghal le bhith ag òl cus. Tha an t-àm agad seasamh air do chasan agus a leigeil fhaicinn dhuinn cò th' ann am Murchadh. Tha obair-dibhe a' toirt sgrios ort fhèin . . . agus air an fheadhainn a tha faisg ort."

"Tha seo tuilleadh is doirbh," thuirt Murchadh. "Feumaidh mi falbh."

"Chan urrainn dhomh stad a chur ort . . . agus chan urrainn dhomh do chuideachadh nas mò," thuirt Raonaid.

"Tha fhios a'm," thuirt Murchadh. "Tha seo an urra rium fhìn."

"Mhurchaidh, tha daoine air a bhith ro dheònach do chuid-eachadh," thuirt Raonaid. "Sin an rud a tha ceàrr. Tha sinn cho miadhail ort, cho titheach air a bhith ag èisteachd riut nuair a bhios do mhac-meanmainn air ghleus, 's gu bheil thu air do mhilleadh leis a h-uile duine againn. Bha e ro fhurasta dhut mathanas fhaighinn, 's fhuair thu ro thric e."

"Thuirt mi riut mu thràth gum faighinn an t-airgead," thuirt Murchadh.

"Biodh cunnradh ceart ann," thuirt Raonaid. "Cùm thusa sòbarra is faigh an t-airgead. Bheir mise dhut duais."

"Duais?" thuirt Murchadh.

"Gheibh thu an cothrom gnothaichean a chàradh eadarainn," thuirt Raonaid.

"Fuirichidh mise far deoch, gheibh mi an t-airgead agus . . . an uair sin . . . gheibh mi . . . cothrom a bhith dàimheil riutsa a-rithist?" thuirt Murchadh.

"Tha fhios a'm gum feum thu ùine smaointinn air," thuirt Raonaid. "'S e dìreach rud a tha mi a' tairgsinn dhut a th' ann. 'S aithne dhòmhsa cò ris a tha e coltach a bhith leat fhèin."

"Feumaidh mi cuideigin fhaighinn aig a bheil deagh mhogan," thuirt Murchadh.

"Thalla," thuirt Raonaid. "Cuimhnich, a Mhurchaidh – uair feasgar . . . agus cuan nam mìle pòg a-nochd."

"Cia mheud not a fhuair mi air ias- . . . cia mheud not a ghoid mi?" thuirt Murchadh.

"Dà cheud not," thuirt Raonaid.

"Uill, gheibh mi dà cheud gu leth dhuinn," thuirt Murchadh agus leum e a-mach às a' bhana.

5

An Sgalag Leòdhasach

Sin agaibh Raonaid againne. Boireannach cruaidh. Ach chan eil i fhèin gun choire. B' àbhaist dhi bhith smocadh, 's cha robh e còrdadh rium. Dh'inns mi dhi nach robh e boireann idir. Sguir i, 's tha i a-nis a' cagnadh tombaca. Ha-ha. Breugan, breugan a tha mi ag innse. Ach tha i gu math fada na ceann nuair a thoilicheas i. Nuair a thogras i, tha i cho cruaidh ri . . . uill, ma tha sibh ag iarraidh dearbhadh gu bheil i cruaidh, cha ruig sibh a leas coimhead nas fhaide na an dreuchd a tha i a' toirt a-mach. 'S e tè-lagha tha gus 'ith innte . . . Tha i ceart, ge-tà. Feumaidh mi sgur dhen òl. Tha mi ag òl cus. Bheil sibh gam chreidsinn? Nach eil? Bheil sibh a' smaointinn gu bheil e a' còrdadh rium a bhith coimhead mar seo? Tha mi air tromachadh air na siogaraits cuideachd. Dh'fheuch mi ri stad a smocadh. Agus gu dearbh, chan eil e furasta. An oidhche roimhe, rinn mi rud gun dòigh. Leòr mi seachad is siogarait nam bheul. Dh'fhaodainn a bhith air an taigh a chur na theine. Is ann a bha mi fortanach, dìreach. Bha mi nam shìneadh a-muigh air an staran aig an àm. Ach air ais chun na sgeulachd agam . . . airgead, no cion airgid . . . is mise a' feuchainn ri bhith nam dhuine math do Raonaid, a bhith mar an duine gasta a dh'fhaillich orm a bhith . . . thuige seo.

23 Lùnastal: 11.25

Choisich Murchadh a-steach dhan Chocktail Bar ann an Cuillin Lodge. Shuidh e air stòl agus choimhead e timcheall air Mòrag, a bha trang ag obair le Dyson anns an oisean. B' e boireannach beag grànda mu thrì fichead bliadhna 's a deich a dh'aois a bh' innte. Bha còta fada striopach oirre air an robh cairt phlastaig leis an fhacal *Housekeeper* sgrìobhte. Bha a' ghlainne anns na speuclairean aice cho tiugh ri tòn botal leanna.

"Seirbheis?" thuirt Mòrag. "Dè tha thu ciallachadh, bheir thu seirbheis dhomh dà thuras sa bhliadhna? 'S mise Miss MacIver, 's cha d'fhuair mi riamh 'Mistress'."

"Tha thusa ag innse dhomh nach còrdadh e riut nan tiginn an seo airson an t-einnsean agad a ghleusadh?" thuirt Murchadh.

"Thalla, a shalchair!" thuirt Mòrag.

"Einnsean na bhana," thuirt Murchadh.

"Dè a' bhana?" thuirt Mòrag.

"A' bhana a tha mi a' feuchainn ri reic riut," thuirt Murchadh.

"Na bi cho gòrach, a bhalaich," thuirt Mòrag. "Dè am feum a th' agamsa air bhana?"

"Dh'fhaodadh tu a dhol dhan eaglais leatha Didòmhnaich," thuirt Murchadh.

"Gun toireadh an Cruthaidhear mathanas dhut," thuirt Mòrag. "'S ann a bhios mise a' *coiseachd* dhan eaglais."

"Ach 's dòcha gun aithnich thu duine air choreigin anns a' choitheanal agaibh a tha coimhead airson bhana," thuirt Murchadh.

"Ist, a bhalaich, mun toir an Cruthaidhear breitheanas ort," thuirt Mòrag. "Chan eil duine anns an eaglais againne a' creidsinn ann a bhanaichean, no ann an càraichean no ann an làraidhean."

"Bha Uilleam an Tàilleir shìos againne dhen aon bheachd," thuirt Murchadh. "An truaghan."

"Cò th' ann an Uilleam an Tàilleir, 's dè thachair dha?" thuirt Mòrag.

"Fear beannaichte à Uibhist a Tuath a fhuair fìor dhroch bhàs aig eaglais a' Chlachain bho chionn bliadhna no dhà," thuirt Murchadh.

"Ciamar?" thuirt Mòrag. "Dè thachair, dè thachair?"

"Uill," thuirt Murchadh, "bha an eaglais air sgaoileadh mu mheadhan-latha agus bha e fhèin agus sluagh mòr de Phròstan-aich eile a' bleadraich an taobh a-muigh dhen eaglais 's iad an teis-meadhan an rathaid mhòir. Dè chunnaic iad ach làraidh Chaluim Dhùghaill a' tighinn nan aghaidh aig astar. Ruith càch às an rathad ach sheas Uilleam còir is thuirt e, 'Chan eil mi creidsinn annad.' CNAG! Rud beag ro anmoch. Dhiùlt mac Shunndachain a chur dhan chiste-laighe . . . 'S tha an fheadhainn eile a chunnaic an tubaist a' dol gu clasaichean-comhairle an Sgoil Lìonacleit fhathast."

"Carson a tha thu faighinn cuidhteas a' bhana?" thuirt Mòrag.

"Tha mi feumachdainn beagan airgid," thuirt Murchadh.

"Dè rinn thu leis an airgead a bh' agad?" thuirt Mòrag.

"Thug mi seachad e," thuirt Murchadh.

"Cò dha?" thuirt Mòrag.

"Dha na h-Etiòpianaich," thuirt Murchadh. "Chunnaic mi prògram air an telebhisean o chionn ghoirid far an robh iad a' bàsachadh leis an acras thall an sin, agus bha truas agam riutha."

"'S chuir thu an t-airgead thuca sa bhad," thuirt Mòrag. "Mo bheannachd ort. Dhut pàrras mar dhuais."

"'S chuir mi litir bheag na chois cuideachd," thuirt Murchadh.

"Dè thuirt thu san litir?" thuirt Mòrag.

"Thug mi comhairle orra," thuirt Murchadh.

"Comhairle?" thuirt Mòrag.

"Seadh," thuirt Murchadh. "Thuirt mi riutha gun a bhith a' feuchainn ri treabhadh no cur anns a' ghainmhich thall an sin. Chan fhàs sìon anns an talamh ud."

"Dè as còir dhaibh a dhèanamh?" thuirt Mòrag.

"Tha còir aca a dhol far a bheil am biadh," thuirt Murchadh. "An rud as fheàrr a nì iad, 's e tiogaid a cheannach gu ruige Glaschu. Tha am baile sin làn gu spreaghadh le McDonalds is Burger King is Pizza Hut. Feumaidh iad a dhol air a' phlèana gu àite far am faigh iad am pailteas bìdh."

"B' fheàrr leamsa a dhol air plèana cuideachd," thuirt Mòrag.

"Càit an rachadh tu?" thuirt Murchadh.

"Rachainn a dh'àite sam bith," thuirt Mòrag. "Tha mi seachd searbh dhen Eilean Sgitheanach."

Thug Murchadh sùil air an uaireadair aige. "Mise cuideachd," thuirt e.

Theann Mòrag ri seinn: "'Moch 's mi 'g èirigh air bheagan èislein, / Air madainn Chèitein 's mi ann an Òs, / Bha sprèidh a' geumnaich an ceann a chèile, / 'S a' ghrian ag èirigh air Leac an Stòir.'"

"O, nach leig sibh leam, a Mhàiri," thuirt i, 's i a' leigeil osna. "As t-samhradh an seo cha chluinn mise ach gàgail nan Sasannach aig Reception a' sìor ghearain mu na leapannan 's mun bhiadh . . . agus ma chluinneas mi fear eile ag iarraidh 'A half of bitter', mo mhionnan, bidh am pòcair mun chlaigeann aige . . ."

"Nach bu tu a' bhan-Chrìosdaidh!" thuirt Murchadh.

"Cha b' ann air a' Chreamola a chaidh mo thogail ann an Eilean an Fhraoich," thuirt Mòrag.

"'S ann à Leòdhas a tha thu?" thuirt Murchadh.

Thòisich Mòrag air aithris: "'S e Siabost as bòidhche, / Far na thogadh òg mi suas . . .'"

"Tha mi creidsinn," thuirt Murchadh.

"'An Ataireachd Bhuan'," thuirt Mòrag.

"Dè?" thuirt Murchadh.

Chùm Mòrag oirre le briathran an òrain: "'Gun mhùthadh, gun truas, a' sluaisreadh gaineamh na tràgh'd'."

"O, seadh," thuirt Murchadh. "Trobhad – bha mi smaoin-tinn . . ."

"Ach 's ann à Uibhist a Deas a tha thusa, nach ann?" thuirt Mòrag.

"À Beinn a' Bhadhla a tha mi," thuirt Murchadh. "Caolas Fhlodaigh, ach mura glèidh mi mo shlàinte 's ann an Cladh Bhaile nan Cailleach a thèid mo thòrradh."

"Cò na cailleachan a bha sin?" thuirt Mòrag.

"Cailleachan-dubha," thuirt Murchadh.

"'S e . . . er, Pàpan– . . . 's e Caitligeach a th' annad a-rèist?" thuirt Mòrag.

"'S e sin a th' annam, a ghalghad," thuirt Murchadh. "Theab mi dhol a-staigh airson a bhith nam shagart an dèidh dhomh an sgoil fhàgail. Ach cha ghabhadh an Eaglais Chaitligeach gnothach rium."

"Carson?" thuirt Mòrag.

"Bha mi na bu mhiadhaile air na h-igheanan òga na bha mi air na gillean," thuirt Murchadh. Rinn e crathadh guailne mar gum biodh e a' gabhail a leisgeul. "Hoigh, chan eil mi ach a' tarraing asad," thuirt e. "Duilich."

"Am bi thu a' dèanamh d' èisteachd?" thuirt Mòrag.

"B' àbhaist dhomh," thuirt Murchadh.

"O, chòrdadh e riumsa a dhol gu m' èisteachd," thuirt Mòrag. "Tha a leithid agam ri innse."

"Bheil gu dearbh?" thuirt Murchadh.

"Am faod thu biadh a thoirt a-steach leat . . . 's math dh'fhaodte plaide is cluasag?" thuirt Mòrag.

"Uill . . ." thuirt Murchadh.

"B' fheàrr leamsa gum faighinn an cothrom sin a dhèanamh," thuirt Mòrag.

"Dè rud?" thuirt Murchadh.

"Gum fosglainn mo bheul ri neach eile gun a bhith a' smaoineachadh dè shaoileadh càch dhìom," thuirt Mòrag.

"Tha thu ceart," thuirt Murchadh. "Chan fhaod e bhith nach eil e math a bhith bruidhinn ri cuideigin às a bheil earbsa agad mu na draghannan beaga a bhios gad shàrachadh."

"Sin an rud a tha ceàrr air daoine an-diugh," thuirt Mòrag. "Tha iad air am bàthadh nan smuaintean fhèin. Cha bhruidhinn iad mun deidhinn fhèin, 's mar sin chan aithne dhaibh cò iad. Cuiridh mi geall nach eil fhios agadsa cò thu."

"Uh-huh . . . chan fhaod mi àicheadh," thuirt Murchadh.

"Pedro Gonzalez," thuirt Mòrag. "Bha Pedro Gonzalez ann dhan a h-uile duine, duine meadhanach comasach, ach fo aois is aodach, cha robh ainm air . . ."

"Cha b' aithne dhomh gin dhen teaghlach Gonzalez," thuirt Murchadh. "Chuala mi gur ann à Geàrraidh Sheilidh no à badeigin shuas aig Deas a bha iad."

"'S e Pablo Neruda, bàrd ainmeil à Chile, a sgrìobh siud, amadain," thuirt Mòrag.

"O, 's ann air na Peterannas à Dalabrog – Uist Builders – a bha mise smaointinn," thuirt Murchadh.

"'S e tè de mhuinntir an leughaidh a th' annamsa," thuirt Mòrag.

"Chan e a th' annamsa," thuirt Murchadh. "'S ann do sgoil Chnoc na Mòna a chaidh mise. Ann am bus beag liath Dhòmhnaill a' Mhuilich."

"A' chuid as motha dhen tìde, 's e am Bìoball a bhios mi a' leughadh," thuirt Mòrag.

"Gun stad a chur air do chòmh– . . ." thuirt Murchadh.

"Ciad Litir an Abstoil Pòl chum nan Corintianach: Caibideil a naodh; earrainn a seachd," thuirt Mòrag. "'S fheàrr am pòsadh na 'n losgadh.'"

"Uh . . . Bha mi deònach bruidhinn riut . . . mu . . ." thuirt Murchadh.

"Gu fortanach," thuirt Mòrag, "cha tèid mo losgadh a-chaoidh, ged nach do phòs mi riamh."

"Ach bha boyfriend agad uair dhen robh saoghal, ge-tà," thuirt Murchadh.

"O, bha," thuirt Mòrag. "Ach thug mi am peilear dha."

"Carson?" thuirt Murchadh.

"Ghlac mi e san leabaidh còmhla ri tè an ath dhorais," thuirt Mòrag.

"Feumaidh gu robh thu air do ghoirteachadh gu mòr," thuirt Murchadh.

"Cha robh," thuirt Mòrag. "'S ann a bha mi taingeil gun do dhealaich e ris a' phoidhleat!" Bha dàil bheag ann. "Cha chreid mi," thuirt Mòrag, "nach eil an t-àm agad fhèin pòsadh, mus tèid do losgadh."

"Cò is mi fhìn?" thuirt Murchadh.

"An tè air a bheil gaol do chridhe agad," thuirt Mòrag. "Aithnichidh tu fhèin cò i."

Dh'fheuch Murchadh ri fealla-dhà a dhèanamh. "Och, tha fhios agad fhèin mar a tha pòsaidhean sna h-Eileanan," thuirt e. "'A Mhàiri, is fìor thoigh leam thu, a ghràidh.'" Thug e sglais gu bois a làimh chlì le cùl na tèile, mar gum biodh e a' toirt sgailc do chuideigin. Ann an guth feargach thuirt e: "'Agus tha mi an dòchas nach dìochuimhnich thu sin!'" Rinn e gàire neo-chinnteach.

Thàinig dath a' bhàis air Morag. "Na caraich," thuirt i. "Cùm air falbh bhuamsa."

"Air do shocair, a bhean chòir!" thuirt Murchadh. "Cha bhean mi dhut."

"Ma ghluaiseas tu," thuirt Mòrag, "gheibh thu buille bhuamsa a chuireas air do dhruim-dìreach thu."

"Fuirich diog," thuirt Murchadh. "Chan eil a dhìth orm ach . . ."

"Tha fhios agamsa dè tha dhìth ort," thuirt Mòrag.

"A bheil?" thuirt Murchadh.

"Tha," thuirt Mòrag.

"Mar sin," thuirt Murchadh, "tha fhios agad gu bheil mi gann de dh'airgead, nach eil?"

"'N e sin uile?" thuirt Mòrag. Stad i airson dioga. "Inns dhomh gu fìrinneach dè tha dhìth ort."

"Dh'inns mi dhut cheana," thuirt Murchadh. "Tha mi airson rudeigin a reic."

"Tha a h-uile duine a' reic rudeigin," thuirt Mòrag.

"Chan ann mar sin a tha mise," thuirt Murchadh. "Trobhad – tha collateral agam."

"Dè an galair a tha sin?" thuirt Mòrag.

"A' bhan' agam," thuirt Murchadh. "Trobhad a-nall chun na h-uinneig gus am faic thu i."

"Cha tèid mo chas," thuirt Mòrag.

"Fuirich," thuirt Murchadh. "Tha sinn air a dhol ceàrr an seo."

"Tha mi cinnteach," thuirt Mòrag, "gu bheil thu coltach ris an fhear eile a tha ag obair aig telebhisean – am fear sin ann an Rùm a Trì."

"Chan eil!" thuirt Murchadh. "Chan eil mi ag iarraidh ort ach gun inns thu dhomh cò aige a tha airgead timcheall an seo."

"Airgead?" thuirt Mòrag.

"Sin e," thuirt Murchadh.

"Chan eil thu dol gam èigneachadh?" thuirt Mòrag is crith na guth.

"Chan eil gu dearbh," thuirt Murchadh.

"Cha do shaoil mi gu robh," thuirt Mòrag. "Dh'aithnich mi gu robh cridhe làn agad."

"Cridhe làn . . . is sporan falamh," thuirt Murchadh.

"Cho luath 's a thug mi sùil ort," thuirt Mòrag, "thuig mi gur e leannan an t-sùgraidh a bh' annad. Gu robh miannan na feòla gad riaghladh."

"Leig às d' inntinn miannan na feòla," thuirt Murchadh. "Èist – feumaidh mi a bhith a-mach às an taigh-òsta tha seo ro mheadhan-latha. Bruidhneamaid mu airgead. An urrainn dhuinn?"

"Okay," thuirt Mòrag. Ghluais i air a socair gu cùl a' chuntair agus lìon i glainne mhòr de dh'uisge-beatha dhi fhèin. Thionndaidh i ri Murchadh. "An gabh thu glainne?"

"Cha ghabh, tapadh leat," thuirt Murchadh.

"Bheil thu dol air bàta Loch nam Madadh?" thuirt Mòrag.

"Ma bheireas mi air a' bhàta," thuirt Murchadh, "tha mi dol dhan Tairbeart, agus an uair sin thèid mi a Steòrnabhagh . . . math dh'fhaodte."

"Steòrnabhagh!" thuirt Mòrag. "O, mo ghràdh air a' bhalach! Am baile as fheàrr leam san t-saoghal!"

"'N fhìrinn?" thuirt Murchadh.

"'Feasgar agus ceò ann, 's mi 'n Steòrnabhagh nan sràid . . .'" sheinn Mòrag.

"Mura faigh mi leabaidh, 's ann air an t-sràid a bhios mi fhìn," thuirt Murchadh.

"Am baile a ruaigeas sgìths is cadal . . ." thuirt Mòrag.

"Cò gheibheadh cadal," thuirt Murchadh, "ann an Steòrnabhagh, leis na th' ann de thannasgan is de dhaoine gòrach a bhios a' straibhèicearachd air feadh nan Narrows air an oidhche?"

"Steòrnabhagh mòr a' Chaisteil," thuirt Mòrag.

"Trobhad – am faod mi faighneachd . . . ?" thuirt Murchadh.

"Bheil fhios agad air a seo?" thuirt Mòrag. "Bidh mise a' bruadar air baile Steòrnabhaigh."

"Chan eil thu ag ràdh," thuirt Murchadh.

"Mar as fhaisge a tha thu do Steòrnabhagh," thuirt Mòrag, "'s ann as fhaisge a tha thu dhan Tighearna."

"Chan eil fhios a'm," thuirt Murchadh. "Chaith mi dà bhliadhna ann . . . aon oidhche."

"Bheil thu air a bhith ann dha-rìribh?" thuirt Mòrag.

"'S iomadh uair sin," thuirt Murchadh.

"O, nach buidhe dhut!" thuirt Mòrag.

"Bidh gnothach agam thall an sin an-dràsta 's a-rithist," thuirt Murchadh.

"Dè an obair a th' agad?" thuirt Mòrag.

"'S e actair a th' annam," thuirt Murchadh.

"Thighearna!" thuirt Mòrag. "Tha fear dhen fheadhainn a tha fuireach san taigh-òsta anns an aon ghnìomhachas."

"'S dòcha gu bheil," thuirt Murchadh. "Chan aithnich mis' e co-dhiù. Am faod sinn . . .?"

"Bidh gu leòr aig an dithis agaibh air an aon taobh le chèile," thuirt Mòrag.

"Tha amharas agam gum bi," thuirt Murchadh.

"Feumaidh mi feuchainn an dithis agaibh fhaighinn còmhla," thuirt Mòrag.

"Cha ruig sibh a leas," thuirt Murchadh. "Nuair a choinnicheas mi ri gill-onfhaidh, bidh mi a' sgeith mar chù."

6

Bioraichidh Murchadh a Chluasan

23 Lùnastal: 11.45

"Gheibh sibh air adhart gu math còmhla," thuirt Mòrag. "'S e Tong Television an t-ainm a th' air a' chompanaidh aige. 'S tha e coltach gu bheil airgead gu leòr aige."

"B' fheàrr leam a bhith gam sgròbadh," thuirt Murchadh, "seach coinneachadh ri leith– . . . dè thuirt thu?"

"Cò mu dheidhinn?" thuirt Mòrag.

"Mu airgead," thuirt Murchadh.

"A rèir coltais chan eil gainnead de dh'airgead air," thuirt Mòrag.

"Dè mar tha fios agad?" thuirt Murchadh.

"Thairg e airgead do Mhaighstir Barrington-Smythe airson an àite seo," thuirt Mòrag. "Bha Barrington-Smythe agus a bhean – mas e sin a chanas tu rithe; bha iadsan ag iarraidh ceud mìle gu leth air. Cha robh fear Tong Television deònach ach trì fichead mìle 's a deich a thoirt air. 'S beag orm fhìn nuair a bhios daoine a' dèanamh còmhstri mu phrìsean. Chan eil e uasal idir, a bheil?"

"Er . . . uill, chan eil," thuirt Murchadh. Stad e greis. "Inns dhomh beagan mu Bharrington-Smythe agus mu bhean."

"Tha esan cho gòrach ris na h-uiseagan," thuirt Mòrag. "Tha e ris a' chrèadhadaireachd. Bidh e a' dèanamh chopannan le crèadh . . . agus ìomhaighean cuideachd."

"Dè an seòrsa ìomhaighean?" thuirt Murchadh.

"Dà sheòrsa," thuirt Mòrag.

"Cò ris a tha e gan samhlachadh?" thuirt Murchadh.

"Ìosa Crìosd agus Frank Bruno," thuirt Mòrag.

"Bheil buintealas eatarra?" thuirt Murchadh.

"Chan eil," thuirt Mòrag. "Ach tha an dà ìomhaigh cho coltach ri chèile ri dà sgadan."

"Ìosa agus Frank Bruno?" thuirt Murchadh.

"Tha ar Slànaighear cho dubh ris a' bhìth is braon fallais air a chraiceann," thuirt Mòrag. "Beilleagan tiugha is cuinnleanan mòra. Chan eil air ach drathais bheag."

"Tha Ìosa air a dhol na sheann bhogsair?" thuirt Murchadh.

"O, chan eil," thuirt Mòrag. "An aon atharrachadh a tha eatarra, 's e nach bi miotagan-bogsaidh air ar Tighearna. Tha air Frank Bruno."

"Okay," thuirt Murchadh. "'S fhada on a chaidh na ràimh aig Barrington a sgàthadh. Bheil mogan aig . . . aig an tè a tha còmhla ris?"

"Tud, fhuair Barrington an tè sin a-mach à catalog J.D. Williams," thuirt Mòrag. "Ma gheibh iad reic air an taigh-òsta, gabhaidh ise a cuid dhen airgead, is mus can thu 'Dia leat', siud i air plèana gu ruige Bangkok no Barraigh. Gabh mo leisgeul. Rachadh a clachadh ann am Barraigh. 'S ann a thèid i dhan Ear. Tha i às a ciall mu rud sam bith a thig à Sìona."

"Chan eil gnothaichean a' coimhead ro ghealltanach," thuirt Murchadh.

"Nach ist thu, bhròinein," thuirt Mòrag. "Tha fear ann a nì cobhair ort."

"Mas e duine dubh le beilleagan 'humba-humba' is drathais a' bhogsair air," thuirt Murchadh, "chan eil ùidh fon ghrèin agam ann."

"Nach tu tha tiugh sa cheann!" thuirt Mòrag. "Fear Tong Television."

"Chan eil mi deònach guth a chluinnteil mu dheidhinn-san," thuirt Murchadh.

"Tha thusa a' faighneachd dhòmhsa cò na daoine a cheannaicheadh a' bhan' agad," thuirt Mòrag, "agus tha mise ag innse dhut gu bheil an t-airgead aig fear Tong Television."

"Chan eil fhios agam . . ." thuirt Murchadh.

"Ach feumaidh mi rabhadh a thoirt dhut," thuirt Mòrag. "Ge brith dè as fhiach i, cha toir esan dhut ach an dàrna leth dhen sin. Rachadh an duine a tha sin a dh'Ifrinn – rachadh e chun an t-Sàtain fhèin airson bargan."

"Hmmm," thuirt Murchadh.

"Thalla 's bruidhinn ris," thuirt Mòrag. "'S ann ann an Rùm a Trì a tha e."

Thug Murchadh a-mach peann agus leabhar-notaichean. "Fuirich diog," thuirt e. "Fuirich gus am faigh mi air rudeigin a chur air pàipear."

"Am bi thu a' sgrìobhadh cuideachd?" thuirt Mòrag.

"Bithidh gu dearbh," thuirt Murchadh. "Bheil fhios agad, sgeidsichean beaga . . . rudan mar sin. 'S ann do sgoil Chnoc na Mòna a chaidh mise."

"Ann am bus beag liath Dhòmhnaill a' Mhuilich," thuirt Mòrag. Rinn i sreothart. "Feumaidh mise falbh," thuirt i. "Tha obair agam ri dhèanamh."

"Thalla, thalla," thuirt Murchadh 's e a' sgrìobhadh. "Tha mu chairteal na h-uarach agam mum faigh mi seo air a chur sìos air pàipear . . . los gun sàbhail mi mo bheatha, 's dòcha."

"Nam biodh tu nad dheagh Chrìosdaidh," thuirt Mòrag, "thuigeadh tu nach eil ann ach Esan a thogas sinn gu àirde."

"Sin agad rud a bha riamh na chùis-iongnaidh dhòmhsa a thaobh nan Crìosdaidhean," thuirt Murchadh.

"Dè rud?" thuirt Mòrag.

"Carson a dh'fheumas iad a dhol air ais dhan eaglais a h-uile seachdain?" thuirt Murchadh.

"Dè tha ceàrr air a sin?" thuirt Mòrag.

"An ann fad' air ais a tha iad?" thuirt Murchadh. "Dè bhios a' dol air adhart nan cinn-eanchainn? Ciamar a tha an sgeulachd a' dol a-rithist? Ìosa . . . math . . . Sàtan . . . dona? Ach math dh'fhaodte gur ann an aghaidh na ranna a tha e. Ìosa . . . dona . . .? Ach – chan eil cuimhn' agam. Tillidh mi dhan eaglais Didòmhnaich seo tighinn agus bioraichidh mi mo chluasan."

"Nach tu tha gun nàire a' bruidhinn riumsa mar sin!" thuirt Mòrag.

"Tha mi duilich ma ghabh thu siud san t-sròin," thuirt Murchadh. "Ach tha mi air a dhol nam bhoil."

"Tha thu air a dhol nad bhoil?" thuirt Mòrag.

"Tha," thuirt Murchadh. "Tha mo mhac-meanmainn air ghleus."

"Dè tha do mhac-meanmainn ag ràdh?" thuirt Mòrag.

"Beir orra!" thuirt Murchadh.

"Feumaidh mise an taigh-beag a ghlanadh," thuirt Mòrag.

"Nam fàgadh tu leam fhìn mi airson treis," thuirt Murchadh, "bhithinn gu math toilichte."

"Tha mi falbh," thuirt Mòrag.

"Tha mi fìor bhuidheach asad," thuirt Murchadh 's e a' sgrìobhadh gu cabhagach. "Tha thu dìreach air deagh mhisneachd a thoirt dhomh."

"Trobhad," thuirt Mòrag. "Tha – tha mi 'n dòchas nach bi trioblaid an dàn do chuideigin air mo shàillibh-sa."

"Cha bhi dhutsa, m' eudail," thuirt Murchadh. "'S dòcha gum bi trioblaid ag èirigh, ach chan ann dhutsa."

"Tha sin math," thuirt Mòrag. "H-uile duine air a shon fhèin agus Dia leinn air fad. Nach e sin e?" Choisich Mòrag a-null chun an sgàthain, chuir i a corragan na beul agus sgaoil i a gruaidhean a thoirt sùil air a fiaclan. "Bheil m' fhalt a' coimhead math gu leòr?" thuirt i. "Tha mi dol suas an staidhre a-nis a sgioblachadh an àit' aig Maighstir Tong Television. Duine snog a th' ann. Tha e cho còir ris an fhaoileig."

"Dè tha thu ciallachadh?" thuirt Murchadh.

"Tha e an-còmhnaidh a' toirt phreusantan do dhaoine," thuirt Mòrag.

"Mar shamhla?" thuirt Murchadh.

"An-dè thug e dhòmhsa pioctair de Chalum Kennedy," thuirt Mòrag, "is ainm air na làimh-sgrìobhaidh fhèin."

"An e preusant a bha sin?" thuirt Murchadh.

"Sheall e dhomh pioctair dhen bhoireannach aige cuideachd," thuirt Mòrag.

"Tha e pòsta, a bheil?" thuirt Murchadh.

"Chan eil fhathast," thuirt Mòrag.

"Cò 's e fhèin?" thuirt Murchadh.

"Gun toir an Cruthaidhear mathanas dhomh airson a bhith fanaid air A chuid obrach," thuirt Mòrag, "ach tha i grànda. Nam biodh fhios aig Maois mu deidhinn, bha àithne a bharrachd air a bhith ann! Ach tha iad an dùil faighinn engage."

Sguir Murchadh a sgrìobhadh agus sheall e oirre. Chuir e sìos a pheann gu cùramach agus chuir e a làmh ann am pòca a bhriogais, agus an uair sin thog e am peann a-rithist. "Cha do dh'iarr e oirre pòsadh fhathast, ge-tà," thuirt e.

"Tha e dol ga dhèanamh nuair a leigeas iad a-mach às an taigh-chuthaich i agus nuair a thig i far lithium," thuirt Mòrag. "Thàinig seòrsa de dh'onfhadh oirre, tha e coltach, bho chionn bliadhna gu leth."

"Tha i craite?" thuirt Murchadh.

"Uill, tha," thuirt Mòrag. "Ach tha a cuideachd grod le airgead."

"Tha am fear a th' ann a' dol ga pòsadh air sannt airgid?" thuirt Murchadh.

"Dè fios a th' agamsa carson a tha e dol ga pòsadh?" thuirt Mòrag. "Ach bidh banais ann . . . cho luath 's a ruighneas i trì fichead bliadhna dh'aois."

"B' fheàrr leis na boireannaich a bhith òg is brèagha is ciallach," thuirt Murchadh, "ach gabhaidh e seann chranàitseach a tha na glugaidh-homh, fhad 's a tha i beairteach."

"Chan eil fhios agamsa mu dheidhinn sin," thuirt Mòrag. "Aon rud tha fhios a'm air, tha iad a' faighinn engage. Chuala mi iad a' bruidhinn mu dheidhinn."

"Cò a bha bruidhinn?" thuirt Murchadh.

"E fhèin agus . . . tha fhios agad . . . an tè a th' ann," thuirt Mòrag.

"An tè ghòrach?" thuirt Murchadh. "Dia bhith timcheall orm, bheil tèile a tha far a cinn a-staigh an seo?"

"Bheil fhios agad air a seo, a bhalaich?" thuirt Mòrag. "Tha thu faighneachd tuilleadh 's a' chòir de cheistean. Cha robh diù agad dhen truaghan shuas an staidhre an toiseach. Ach a-nis chan eil thu a' sgur dhem cheasnachadh mu dheidhinn."

"'S ann a tha mi feuchainn ri thuigsinn dè tha tachairt ann am beatha dìol-dèirce a tha san aon ghnìomhachas rium fhìn," thuirt Murchadh.

"Uill, bha Sam – sin Fear Tong Television . . ." thuirt Mòrag.

"Tha fhios a'm, tha fhios a'm . . ." thuirt Murchadh.

"Uill, bha Sam agus . . . er, bean an taighe a' bruidhinn agus . . ." thuirt Mòrag.

"Bha thusa ag èisteachd," thuirt Murchadh.

"Bha," thuirt Mòrag. "Is chuala mi mun chunnradh dà-cheannach."

"An cunnradh dà-cheannach," thuirt Murchadh. "Gu dè air thalamh a tha sa chunnradh dà-cheannach?"

"An toiseach," thuirt Mòrag, "bheir Sam dhaibh còig às a' cheud dhen phrìs airson an taigh-òsta, 's e sin trì mìle not gu leth."

"Seadh?" thuirt Murchadh.

"An uair sin," thuirt Mòrag, "bidh iad a' dol a rèiteach an seo, ann an Cuillin Lodge, na ceudan de dh'uaislean a' tighinn às gach àite, agus bidh iad againn fad cola-deug, agus ma bhios deagh chuirm aca agus ma bhios a' chailleach ghòrach air a riarachadh leis a h-uile càil . . . "

"Dè thachras an uair sin?" thuirt Murchadh.

"'S dòcha gun ceannaich e an t-àite – dhan chompanaidh aige, bheil thu tuigsinn?" thuirt Mòrag. "Agus gun toir e an còrr dhan bhodach againne."

"Sin agad an cunnradh dà-cheannach, an e?" thuirt Murchadh.

"'S e," thuirt Mòrag.

"Cha b' fhuilear dhut ceithir sùilean a bhith nad cheann 's tu dèiligeadh ri Sam còir," thuirt Murchadh.

"O, 's e duine amaiseach a th' ann dha-rìribh," thuirt Mòrag.

"Bheil fhios agad an do ghabh Barrington ri seo fhathast?" thuirt Murchadh.

"Chan e mo ghnothach-sa e," thuirt Mòrag. "Agus chan e do ghnothach-sa e nas mò."

Shlìob Murchadh am bogsa a bha na phòca. "An do cheannaich e fàinne fhathast?" thuirt e.

"Dè?" thuirt Mòrag.

"Bheil fàinne aige a bheir e dhan òinsich?" thuirt Murchadh.

"Bheil fhios agad air a seo?" thuirt Mòrag. "Chan eil fhios a'm cò as gòraiche a-staigh an seo. Tha thusa nam chluasan a' sìor bhuralaich mar gum b' e tarbh a bh' annad. Modh, a dhuine, modh."

"Tha mi duilich," thuirt Murchadh.

Chaidh Mòrag gu cùl a' chuntair a-rithist agus lìon i glainne mhòr dhi fhèin.

"Tha fhios a'm," thuirt i, "gu bheil thu air do thogail leis a' bhruidhinn a tha seo mu phòsaidhean 's mu ghaol. An gabh thu drama?"

"Cha ghabh, cha ghabh," thuirt Murchadh. "Tha mi air sgur dhith. Tha an saoghal mar a tha e gam phiobrachadh. Bho seo a-mach, chan eil mi airson teicheadh bhuaithe. Feumaidh m' inntinn a bhith soilleir. Tha saoghal glòrmhor romham."

"Saoghal glòrmhor?" thuirt Mòrag.

"Mìorbhaileach!" thuirt Murchadh. "Airgead. An gaol . . . Raonaid."

"Cò th' ann an Raonaid?" thuirt Mòrag.

"'Tè air an d' fhàs an cùl dualach tha na chuaileanan rèidh,'" thuirt Murchadh, "''s e sìos mu dà shlinnean mar an fhidheall fo theud'."

"Uill, 's dòcha nach ann buileach mar sin a tha an tè aig Fear Tong Television," thuirt Mòrag. "Ach a dh'aindeoin 's cho grànda 's a tha Doilìona, tha Sam airson a pòsadh."

"Tha mise ag iarraidh boireannach," thuirt Murchadh, "ris an greimich mi, a ghràdhaicheas mi 's nach gràdhaich mi. Tha mi airson gum fairich mi na fiaclan aice nam phògan."

"Tha mi creidsinn gur ann rudeigin mar sin a bhios Maighstir Wilson a' faireachdainn cuideachd," thuirt Mòrag.

"Bheil na tha sin de dh'airgead aig an duine?" thuirt Murchadh. "Seadh, còrr air trì mìle not?"

"Chan fhaca mi e . . . fhathast," thuirt Mòrag. "Chan e tè a bhios a' liùgadh air daoin' eile a th' annam. Tha mise a' comanachadh."

"Bheil fhios agad an do ghabh Barrington ris na cùmhnantan a tha seo fhathast?" thuirt Murchadh.

"Reiceadh esan e air cnap crèadh," thuirt Mòrag. "Chan eil mi cinnteach mu deidhinn-se. 'S e tè dhe na hippies a bh' innte."

"Dè bh' innte?" thuirt Murchadh.

"Bidh i smocadh . . . er, an stuth sin," thuirt Mòrag.

"'S tha sin a' ciallachadh gun reiceadh i an t-àite ris a' chiad duine a bheireadh airgead dhi?" thuirt Murchadh.

"Chan eil," thuirt Mòrag. "'S e ban-Hearach a th' innte, ged a chaidh a togail thall thairis. 'S tha fhios agad fhèin cho faoin 's a tha iadsan."

"Cha dèan mi ceann no cas dhen seo," thuirt Murchadh.

"Chan eil creideamh aice," thuirt Morag gu tàireil. "Uill, tha seòrsa de chreideamh aice. Bidh i a' còmhradh ris an spiorad a tha fuireach an taobh a-staigh dhe bodhaig."

"'S e an t-uisge à Chernobyl a dh'adhbhraich seo," thuirt Murchadh.

"Air mo shon fhìn dheth," thuirt Mòrag, "is coingeis leamsa cò leis a bhios an t-àite. Ach, a dh'innse na fìrinn, dhèanainn toileachadh ris an duine a chuir *Ar Dùthaich Fhìn* air ar sgàileanan."

"An do chòrd e riut?" thuirt Murchadh.

"Bha e sgoinneil, nach robh?" thuirt Mòrag.

"Dhomh a' bhucaid," thuirt Murchadh. "Tha mi dol a chur a-mach."

Thug Mòrag bucaid dha. "O mo chreach-sa thàinig!" thuirt i. "Seo! Thalla dhan taigh bheag!"

Chrath Murchadh a cheann mar gum biodh i a' toirt gàir' air. "Trobhad," thuirt e is plìonas air aodann, "cha phàigh taing thu airson cho cuideachail 's a tha thu air a bhith dhòmhsa an-diugh. Tha mi fada nad chomain."

"A bheil?" thuirt Mòrag.

"A-nis, gabh mo leisgeul," thuirt Murchadh, "ach tha agam ri crìoch a chur air an sgriobt seo."

Chuir Murchadh a chùlaibh rithe agus theann e ri sgrìobhadh a-rithist.

"Gum beannaich mo Dhia mi," thuirt e, "'s mi togail sgannal nam breug a bheir a-mach às an staing mi 's a bheir dhòmhsa an tè bhrèagha." Choimhead e air uaireadair. "An Diabhal," thuirt e, "meadhan-latha mu thràth. O, ghràdhag, falbhaidh an luasgan a bh' air m' aigne nuair a thèid claigeann is eanchainn Fhir Tong Television nan spreadan."

"Cheerie," thuirt Mòrag.

7

Coinneamh Dhìomhair an Rùm 3

23 Lùnastal: 12.05

Choimhead Sam timcheall air an t-seòmar. Dh'èirich e agus choisich e air a shocair chun a' phreasa-aodaich. Dh'fhosgail e an doras, shìn e a làmh suas chun na sgeilp aig a' mhullach agus thug e a-nuas bogsa anns an robh cofaidh agus siùcar a mhaireadh fad mìos. Sheall e air an tasgaidh gun dùil a bha seo airson deagh ghreis agus thuirt e le ùmhlachd: "O, Dia gam shàbhaladh." Lìon e màileid le na pacaidean beaga. Bha e dìreach an ìmpis an rùm fhàgail nuair a thàinig beachd-smuain thuige. Choisich e a-steach dhan taigh-bheag 's e a' gleidheadh na màileid na làimh. Gu riaghailteach, thilg e siabann agus siampù dhan mhàileid agus chaidh e a-mach às an taigh-bheag.

Bha Sam na shuidhe air an leabaidh a' coimhead air timcheall air dusan ceas. Sheall e air uaireadair; thog e màileid dhonn leathair. Dh'fhosgail e a' mhàileid agus bha e soilleir gu robh e air a dhòigh fhad 's a bha e coimhead air na bha na broinn.

Thàinig Mòrag a-steach dhan rùm. "A Mhaighstir . . . er, Mhaighstir Tong Television?" thuirt i. "Duilich dragh a chur oirbh. Am faod mi an rùm agaibh a sgioblachadh?"

"Dè tha thu dèanamh an seo?" thuirt Sam. "Bha thu a' dol a chur facs chun a' bhoss agad, nach robh?"

"Facs?" thuirt Mòrag. "Chan aithnichinn facs bho chois mairt. Cha robh mi ach airson an rùm a ghlanadh."

"Umh, cò dh'inns dhut gu robh na cunntasan aig Sam Wilson shuas an seo?" thuirt Sam.

"Cha do dh'inns duine!" thuirt Mòrag. "'S e *searbhant* a th' annamsa!"

"Tha thu ag innse bhreugan!" thuirt Sam. "'S ann às dèidh figearan nan cosgaisean agam agus buidsead a' film a bha thu! Cò chuir suas an seo thu – an ITC? Air neo Seirbheis nam Meadhanan Gàidhlig?"

"'S ann dhan taigh-òsta a tha mise ag obair," thuirt Mòrag. "Chan eil mi dèanamh càil ach a' glanadh nan rumannan."

"Mmmm . . . 's iomadh nàmhaid a th' aig Sam Wilson," thuirt Sam. "Nuair a tha thu aig mullach na craoibhe ann an saoghal telebhisean Gàidhlig, tha tòrr ann a tha airson do thilgeil dhan t-sitig."

Ghluais Mòrag chun na leapa. "Uill," thuirt i, "'s fheàrr dhòmhsa an t-sitig seo a sgioblachadh. Cuiridh mi bhur briefcase –"

"Na bean dhan bhriefcase sin!" thuirt Sam. "Dhomh e!"

"Tha mi dìreach airson . . ." thuirt Mòrag.

"Dhomh am briefcase!" thuirt Sam.

Ghlèidh Mòrag am briefcase ri broilleach. "Nach leig sibh leam ur cuideachadh?" thuirt i.

"Leig às am brief–" thuirt Sam. Rug e air a' bhriefcase agus bha othail bho Sham agus bìgeil bho Mhòrag mar a bha iad a' feuchainn ri tharraing o chèile. Dh'fhosgail an ceas agus chaidh e chun an làir. Thaom eas de notaichean a-mach.

"O, shìorraidh!" thuirt Mòrag. "Cò às a thàinig na tha seo a dh'airgead?"

Leig Sam sgreuch às: "Às gach feòil, gach fuil, gach cnàmh is smior a' chnàimhe a tha nam bhodhaig!" thuirt e.

"A-nis, gabhaibh air ur socair," thuirt Mòrag. "Cuidichidh mi fhìn sibh."

"Nuair a tha thu . . . gad mharbhadh fhèin . . . a' dèanamh phrògraman mar *Ar Dùthaich Fhìn* . . . tha thu airidh air a h-uile sgillinn," thuirt Sam.

"*Ar Dùthaich Fhìn . . . Ar Dùthaich Fhìn . . .*" thuirt Mòrag. "O, Mhaighstir Wilson, chan urrainn dhomh innse dhuibh cho math 's a chòrd am prògram sin rium! Na seann daoine againn fhìn . . . gun lochd gun mheang . . . air am mealladh thar an eòlais le daoine sanntach . . ."

Choimhead Sam oirre agus dh'aithnich e gur e tè eudmhorach a bha aige. "Mmmm," thuirt e, "'s dòcha nach eil sibh ag innse bhreugan."

"Chan eil!" thuirt Mòrag. "Air m' onair, chan eil mi ag innse bhreugan!"

"Uill . . . Mar sin, 's dòcha gun toir sibh cuideachadh dhomh," thuirt Sam. "Bheir mi dhuibh cùmhnant. Dè mar a chòrdadh ceithir cheud nota ribh a h-uile ceann mìos?"

"Mo ghràdh air a' bhalach!" thuirt Mòrag. "Bheir mi dhuibh cuideachadh air dòigh sam bith as urrainn dhomh! Paisgidh mi air falbh an stuth a tha seo an toiseach." Phaisg Mòrag an t-airgead gu sgiobalta anns a' cheas.

Sheall Sam oirre mar gum biodh e a' toirt beachd math oirre.

"Sin nuair a chithinn coltas oirbh," thuirt e.

Chaidh Sam a shìneadh anns an leabaidh. Sheall e air Mòrag 's i a' dùnadh a' cheas. Chuir i sìos ri thaobh e. Ghluais e gu taobh na leapa 's an ceas ri thaobh. Shlìob e an t-àite a bha air fhàgail le bhois. "Trobhad," thuirt e. "Tha mi airson bruidhinn riut."

Gun imcheist chaidh Mòrag a-null chun na leapa agus dh'èist i gu mionaideach.

"Tha fhios agad gu bheil mi dol a phòsadh, nach eil?" thuirt Sam.

"Tha sin ceart," thuirt Mòrag.

"'S tha fhios agad gu bheil sinn a' dol a rèiteach ann an Cuillin Lodge?" thuirt Sam.

"O, bha mi cho toilichte sin a chluinntinn!" thuirt Mòrag.

"Uill," thuirt Sam, "ma tha sin a' dol a thachairt, feumaidh tu mo chuideachadh."

"Mise?" thuirt Mòrag.

"Tha mi deònach an taigh-òsta a cheannach," thuirt Sam.

"Tha fhios a'm," thuirt Mòrag. "Ma cheannaicheas tu e, chan fhaigh thu tè-obrach cho dìleas riumsa."

Bha guth Suki ri chluinntinn bhon taobh a-muigh. "Mhòrag?" dh'èigh i.

"Cò tha siud?" thuirt Sam.

"Nighean an Diabhail!" thuirt Mòrag. "Suki!"

"Èist," thuirt Sam. "Tha tairgse agam dhut."

"Tha i an-còmhnaidh a' cuachail mun cuairt," thuirt Mòrag. "Tha i a' cumail faire air an àirneis aice a tha cho prìseil, mas fhìor."

"Am bi i a' fàgail an àite uair sam bith?" thuirt Sam.

"Uair ainneamh," thuirt Mòrag. "Faodaidh i nochdadh an àite sam bith."

"Agus Nigel . . . an duine aice?" thuirt Sam.

Bha guth Suki fhathast ri chluinntinn. "Cà bheil thu, a Mhòrag?"

Dh'èigh Mòrag, "Tha mi tighinn!" An uair sin thionndaidh i ri Sam. "Cha bhi sinn a' faicinn mòran de Nigel."

"Carson tha sin?" thuirt Sam.

"O, 's e fear-ealain a th' annsan," thuirt Mòrag. "'S ann ri 'obair chruthachail', mar a chanas i fhèin, a bhios esan."

"Tha ùidh mhòr agam fhìn ann an obair-ealain," thuirt Sam. Dh'fhosgail e an ceas agus leig e le Mòrag coimhead air an airgead fad còig diogan. "'S e pioctairean as fheàrr leam," thuirt e. "Pioctairean dhen Bhanrigh."

"Nach iad a tha brèagha!" thuirt Mòrag.

Dh'èigh Suki a-rithist, "Greas ort, a Mhòrag. Bidh an t-acras air Nigel."

Thuirt Mòrag fo h-anail, "Itheadh e fodar." Thionndaidh i ri Sam. "Chan fhaca mi càil cho brèagha sin eadar mo dhà shùil riamh," thuirt i.

"Saoil an còrdadh e ris an fhear-ealain sùil a thoirt air na pioctairean a th' agam?" thuirt Sam.

"Dè na th' agad de dh'airgead an sin?" thuirt Mòrag.

"Trì mìle gu leth," thuirt Sam.

"Chan fhaca Nigel riamh uimhir ri sin anns an aon àite," thuirt Mòrag.

"Bu toigh leamsa dhol a choimhead air Nigel," thuirt Sam.

"Bidh e san stiùidio fad an latha," thuirt Mòrag.

"Am faod mi dhol air chèilidh air?" thuirt Sam.

"Chan fhaigh thu a-staigh," thuirt Mòrag. "Tha ise ga ghlasadh a-staigh a' chiad char sa mhadainn."

"Tha i ga ghlasadh a-staigh?" thuirt Sam.

"Gheibh mise an iuchair," thuirt Mòrag.

"Cuine?" thuirt Sam.

"An dèidh dà uair," thuirt Mòrag.

Choimhead Sam air Mòrag gu faiceallach . . . gu math faiceallach. Rinn e snodha-gàire. "Cha do rinn mi seo riamh roimhe," thuirt e. "Ach tha mi air mo bheò-ghlacadh leis na tha thu air innse dhomh . . ." Thionndaidh e agus choisich e gu cabhagach chun a' bhùird ri taobh na leapa. Bhrùth e air putain na fòn, a bha gun fheum gun thuaiream. "Gabh mo leisgeul," thuirt e rithe. "A' fòn a tha mi dol a chur an-dràsta, siud a' fòn a dh'atharraicheas do bheatha."

"Oooooo!" thuirt Mòrag.

Bha Sam a' leigeil air gun robh e a' fònadh. "Hi, Amanda? . . . Sam Wilson an seo . . . Tha mi airson gun dèan thu fàbhar dhomh . . . An làrach nam bonn, cuir air dòigh saor-làithean do bhoireannach ris an do choinnich mi an seo . . . Seadh, cuir na tiogaidean thuice cho luath 's a ghabhas . . . Sgrìobh seo sìos: 'A' chailleach bheag ghrànda . . . An t-searbhanta . . . Cuillin Lodge Hotel . . . Ùig . . . An t-Eilean Sgitheanach . . .'. Ciao, Nicola – er, Monica."

Chuir Sam sìos a' fòn agus plìonas air. "Meal do naidheachd, a ghalghad!" thuirt e. "Bhuannaich thu an duais – deireadh-seachdanach ann an Steòrnabhagh . . ."

"Steòrnabhagh? Oooooo!" thuirt Mòrag.

Chùm Sam air: "Còmhla ri ministear bhon Eaglais Shaor . . . a thaghas tu fhèin!" thuirt e.

"O, tapadh leibh, a Mhaighstir Wilson!" thuirt Mòrag.

"Faodaidh sibh na ceasan camara sin a thoirt sìos an staidhre nuair a bhios sibh deiseil an seo," thuirt Sam. "Feumaidh mise mo bhracaist a ghabhail."

"Rud sam bith a chanas sibh, a Mhaighstir Wilson," thuirt Mòrag.

Dh'fhan Mòrag na stob, 's i a' coimhead air Sam mar gum biodh i airson ceist a chur air.

"Bheil càil a' dèanamh dragh dhut?" thuirt Sam.

"Er . . . umh, am faic mi a-rithist sibh?" thuirt Mòrag.

"Chan fhaic," thuirt Sam. "Tha mi filmeadh ann an Uibhist a Tuath fad na seachdain seo agus an uair sin, tha mi a' falbh a . . . er, a dh'Afraga . . . umh, Afraga a Deas."

"Er . . ." thuirt Mòrag.

"Dè tha ceàrr?" thuirt Sam. "An do dh'inns thu dhomh a h-uile càil?"

"O, dh'inns!" thuirt Mòrag. "Bha mi dìreach a' smaointinn – cò bha dol gam phàigheadh?"

"Gad phàigheadh?" thuirt Sam. "O, seadh. Do thuarastal, an e? Uill, innsidh mi dhut dè nì mi . . . An toiseach . . . coma leat co-dhiù . . . dè th' agam air? . . . Cuiridh mi fòn gu Roinn nan Cùmhnantan againn ann an Dùn Èideann agus sgrìobhaidh iadsan thugad a dh'innse dhut dè th' agad ri dhèanamh airson do thuarastal fhaighinn."

"Ach an t-airgead . . . an t-airgead, a dhuine," thuirt Mòrag.

"Dè mu dheidhinn?" thuirt Sam. "An e nach eil e gu leòr dhut?"

"Chan eil sibh a' tuigsinn," thuirt Mòrag. "Ciamar a gheibh mi mo làmhan air?"

"O, 's e Pàdraig Mòr – am Fuamhaire Èirisgeach – a bheir sin dhut," thuirt Sam.

"Am Fuamhaire Èirisgeach?" thuirt Mòrag.

"Thig e suas thugad agus bheir e dhut cèiseag," thuirt Sam. "Dìreach cho luath 's a chanas tusa na briathran beannaichte."

"Na briathran beannaichte?" thuirt Mòrag.

"'Is math an rud ris am bi dùil'," thuirt Sam.

"'Is math an rud ris am bi dùil'?" thuirt Mòrag. "Sin a dh'fheumas mi a ràdh mus faigh mi an t-airgead?"

"Sin e," thuirt Sam. "Tha thu dìreach aige."

"Cuin a thig e?" thuirt Mòrag.

Choimhead Sam air uaireadair. "Cha chuireadh e iongnadh sam bith orm," thuirt e, "ged a thigeadh e . . . chan eil fhios a'm . . . a-nochd fhèin . . . no a-màireach."

"Math dha-rìribh, a Mhaighstir Wilson," thuirt Mòrag. "Rud sam bith a chanas sibh, a Mhaighstir Wilson. Tha mi uabhasach duilich mun . . . mun charachd a bh' againn . . . ach chòrd e rium – tha mi ciallachadh . . . chaidh a h-uile càil gu math leinn aig a' cheann thall."

Choisich Sam chun an dorais. Thionndaidh e agus bhruidhinn e rithe gu stòlda: "Na can guth ri duine beò mu dheidhinn na chuala tu a-staigh an seo . . . no na chunna tu nas mò . . . Tha thu fhèin ann an saoghal an telebhisean a-nis. Bheil thu gam thuigsinn? 'Is sleamhainn a' chlach a tha an ursainn an taigh mhòir'."

Dh'fhàg Sam an rùm.

8

An Ear 's an Iar

23 Lùnastal: 12.15

Bha Raonaid na seasamh aig Reception nuair a choisich Sam a-steach gu stràiceil. Bha Suki, faisg air dà fhichead bliadhna 's i a' cumail ris gu math, aodaichte ann an sarong, falt fada dubh air a cheangal le rioban ioma-dhathach, na seasamh air cùl a' chuntair, air an robh clag agus bogsa fiodha air an robh *Telephone Calls* sgrìobhte.

"Aaaa, luaidh mo chrìdh'," thuirt Sam, "dè th' agad ri innse dhomh?"

Thug Suki droch shùil air.

"Nach ann an seo a tha an deagh àite airson rèiteach a dhèanamh!" thuirt Sam.

Chuir Suki a tòn ris agus leig i oirre gu robh i ag obair le pàipearan.

"Nuair a chuireas tu t' ainm air na pàipearan a tha seo," thuirt Sam, "tha mi dol a thoirt ainm ùr air an àite: 'Cuillin Lodge Productions.' Grinn, dè?"

"Uh-humh," thuirt Suki 's i ag othail. "Ach chan fhaic thu m' ainm-sa air pàipear sam bith."

"Dè mar a tha sin?" thuirt Sam.

"'S ann le Nigel a tha an t-àite," thuirt Suki. "Chan eil gnothach agamsa ris."

"O, seadh," thuirt Sam.

"Nam biodh mo roghainn fhèin agam," thuirt Suki, "cha dhealaichinn ris air a' phrìs sin. 'S gu dearbh fhèin cha toirinn dhutsa e air prìs sam bith."

"Carson nach toireadh?" thuirt Sam.

"'S tusa an duine a dh'fhàg prògraman telebhisean Gàidhlig cho truagh 's a tha iad an-diugh," thuirt Suki. "'S ann air *Ar Dùthaich Fhìn* a tha an t-uallach."

"Fhuair mise seachd duaisean airson *Ar Dùthaich Fhìn* aig an Fhèis Film agus Telebhisean Cheilteach ann an Stenhousemuir," thuirt Sam.

"Bu chòir dhut a bhith air seachd bliadhna fhaighinn," thuirt Suki.

"Dè nach do chòrd riut anns a' phrògram?" thuirt Sam.

"A h-uile càil," thuirt Suki. "'S tusa thug a-steach gach nì dona a tha air a bhith sgreamhachadh luchd na Gàidhlig."

"Dè na nithean sgreamhail a thug mi a-steach?" thuirt Sam.

"Feadhainn Ghallta aig nach robh facal Gàidhlig a' feuchainn ri bhith ga bruidhinn," thuirt Suki. Theann i air atharrais air cuideigin Gallta a' dèanamh oidhirp air an autocue a leughadh. "Ka kritch mee nak ale an towm akin toshakag. Ameireaganaich is Sasannaich a' bruidhinn mu eachdraidh na Gàidhealtachd." Chuir i oirre guth Ameireaganach agus cainnt muinntir Lunnainn. "'Yeah, my people were Scotch-Irish – from right on the border!'"

Bhruidhinn i ann an guth Sasannach. "'Communities where an oral tradition predominates are so much out of the experience of the modern Western world that it is extremely difficult for anyone without first-hand knowledge to imagine how a language can be cultivated without being written to any extent, or what oral history is like, or how it is propagated and added to from generation to generation. The consciousness of the Gaelic mind may be described as possessing historical continuity and religious sense; it may be said to exist in a vertical plane. The consciousness of the modern Western world, on the other hand, may be said to exist in a horizontal plane, possessing breadth and extent, dominated by a scientific materialism and a concern with purely contemporary happenings. There is a profound difference between the two mental attitudes, which represent the different spirits of different ages, and are very much in conflict.' Abair spùt! Bheil fhios agad dè as motha tha cur dragh orm mu dheidhinn na dìleib a tha seo?"

"Chan eil," thuirt Sam. "Ach tha thu dol a dh'innse dhomh co-dhiù."

"Mar a tha daoine fhathast beò air feadh na Roinn Eòrpa a bha strì ris an Treas Reich a stèidheachadh," thuirt Suki, "tha daoine fhathast a' fuireach shìos an Glaschu a chunnaic *Ar Dùthaich Fhìn* agus, nas miosa buileach, a rinn am prògram. Tha iad nar measg. Tha iad a' feitheamh. Bidh iad ag èirigh a-rithist."

"Nach eil e neònach?" thuirt Sam. "Tha mi dìreach air cùmhnant fhaighinn airson sreath eile de phrògraman eachdraidheil a dhèanamh: *Clann nam Fògarrach.*"

"O, shìorraidh!" thuirt Suki.

"Sin as coireach gum feum mi seòladh air a' Ghàidhealtachd fhaighinn," thuirt Sam. "Trobhad – càit a bheil Nigel?"

"Anns an stiùidio," thuirt Suki.

"Am faod mi bruidhinn ris?" thuirt Sam.

"Chan fhaod – mura bi mi fhèin ann," thuirt Suki.

"O," thuirt Sam 's e a' fàs fiadhaich. "Tha mi faicinn. Èist rium. Tha an taigh-òsta air a dhol bhuaithe. Cia mheud duine a bha a-staigh a-raoir? Cha robh ach ceathrar. Mi fhìn 's am PA agam, marag de dhuine à Beinn a' Bhadhla agus a' phuiseag aige . . ."

Dh'fhalbh Suki mar gum biodh gràin oirre tron doras air a cùlaibh.

"Càit an deach an tè ud co-dhiù?" thuirt Sam. "Cha mhilleadh a' ghràinnse idir i. 'S i dhèanadh an deagh oidhche . . . Yuk-yuk."

Sheas Raonaid gun ghluasad aig an doras-aghaidh.

Sheall Sam oirre.

Chaidh Raonaid suas chun a' chuntair gun sùil a thoirt air Sam. Chomharraich i gu robh i airson a' fòn a chleachdadh agus thug i a-mach buinn bho sporan. Chuir i beagan airgid dhan bhogsa. Thog i a' fòn agus bhrùth i putain. Thuirt i, ". . . Hello, Phapaidh? Bheil mo mhàthair a-staigh? Okay – Ùige anns an Eilean Sgitheanach . . . Ann an taigh-òsta a tha si– . . . a tha mi . . . Chan eil . . . uill, tha . . . . gu dà uair co-dhiù . . . 'S dòcha gum fan mi oidhche eile an seo . . . Tha e a rèir dè thachras . . ."

Chuimhnich Sam air rudeigin agus thug e a-mach a' fòn-làimhe agus gu cabhagach bhrùth e àireamh àraidh. Chuir e sìos a' fòn air a' chuntair le brag. "Fònaichean an Diabhail!" thuirt e. ". . . Tud . . . chan eil feum – daingeadaidh!"

Chùm Raonaid oirre a' bruidhinn ri h-athair. "Tha mi duilich, athair," thuirt i. "Tha cuthach tioram air duin'-uasal an seo . . . Can rim mhàthair . . ."

Thug Sam cromag na fòn bhuaipe agus phut e Raonaid gu aon taobh.

Thòisich Raonaid air èigheachd, "Tha seans ann gum bi duin' eile a' tighinn dhan teaghlach againn!"

Chuir Sam sìos a' chromag. Thog e i agus chuir e a' fòn gu àireamh eile. Bhruidhinn Sam, na fiaclan ris, gu cabhagach ann am Beurla: "Hi, Charlie, this is your main man talking, making hay, making your pimples go away . . . Don't interrupt . . . All rested up? 'Cause have we got visions to mix or awards to win? . . . Look, Charlie, there's nothing wrong with Mrs Mackenzie's council house . . . As I was saying . . . Because, see, this job we're in, the money's great, right? . . . Vanessa's network, we're regional . . . Money's great – because we work hard. And there's plenty of work for you guys. Charlie, cameras are in Room Three. Tell Linda to phone HQ and inform D.A. the mobiles don't work up here. Tell Bill to pick up the tickets for the van and crew, and make sure you park in the right lane . . . That's right: Tarbert . . . Hope you put the cones out for my Range Rover. I'll meet you there . . . Wait, I've got to weigh the hotel in first and have a bite of breakfast. Correction: I'm having breakfast, then I'll pay the bill . . . That's it, Charlie. Never give a sucker an even break. Ha, ha! Look, this call is costing the company a fortune – I'll meet you at the Range Rover in an hour's time . . . Ciaoito, my man."

Choisich Raonaid thuige. "Gabh mo leisgeul –"

Lean Sam air le chòmhradh. "Charlie, you still there? . . . Can I bum a packet of cigarettes off you? Mine are, uh, still in the shop. Ha, ha! Still in the shop . . . Right away, of course. Ciao."

"I was using the phone," thuirt Raonaid.

Chuir Sam a' fòn gu àireamh eile, mar nach biodh Raonaid ann idir. ". . . Seadh, a Dhòmhnaill Ailein?" thuirt e. "Seadh, Sam Wilson an seo – okay. Uill, gu fìrinneach, chan eil an gnothach ro dhona idir. Chan obraich na mobiles, ge-tà . . . O, an do dh'inns? Uill, bha an diathad feasgair meadhanach math . . . Cha b' e, 's ann le Sasannach a tha an t-àite, 's tha e pòsta aig ban-Hearach a tha craite mu ghnothaichean Sìonach . . . Tha sin ceart, a Dhòmhnaill Ailein, tha am biadh aca mar a bhiodh dùil agad ris nam b' e fireannach à Sasainn agus boireannach à Hong Kong a bhiodh ga chòcaireachd . . . Seadh . . . ithidh tu e – an ceann uair a thìde tha an t-acras gad tholladh . . . 's tha thu air do bhrosnachadh gu pottery fhosgladh air a' Ghàidhealtachd. Ha, ha! . . . An cunnradh dà-cheannach? . . . Dìreach mar òran math Gàidhlig . . . O, reicidh gun teagamh . . . Nach eil i agam fom spòig mu thràth!"

Dh'fhosgail Suki doras na h-oifis agus sheas i gu stobach.

Sheall Sam oirre. "Uh . . . Feumaidh mi falbh . . . O, shìorr-aidh! . . ." Chuir e sìos a' fòn agus rinn e snodha-gàire ri Suki, a bha a' tabhainn seòrsa de mhaoin-chlàr dha. Choimhead e air an duilleig agus gu math slaodach thug e a-mach leabhar-sheicichean agus, air a mhaslachadh, sgrìobh e seic.

Shrac Suki duilleag agus bha dàil ann mun do bhruidhinn i. Leig i oirre gur e ban-Sìonach a bh' innte. "Cofaidh?" thuirt i. "Cia mheud? Aon? Dà?"

Rug Sam air an duilleig agus ruith e gu cuagach chun an dorais. Theann e ri bruidhinn mar a bha Suki: "No, cofaidh cha do ghabh," thuirt e. "Cabhag mhòr . . . air . . . mi . . . uh, orm. Visions to mix – O, shìorraidh! – mar sin, chop-chop, uh . . . O, shìorraidh!"

"Psst!" thuirt Suki.

Thionndaidh Sam aig an doras agus sheall e oirre. Thairg i dha ìomhaigh ghrànda de dhuine dubh le miotagan-bogsaidh air a làmhan.

"Bheir mi dhut bodachan," thuirt Suki. "Thoir thusa dhòmhsa airgead."

"Cha toir!" thuirt Sam.

"'Eil thu cinnteach nach ceannaich thu bodachan?" thuirt Suki. "Chan eil e soilleir dhòmhsa carson nach ceannaich thu bodachan."

Rinn Sam brunndail: "Mura biodh na sùilean agad air a dhol cho caogach ri sùilean nan Sìonach, bhiodh e soilleir dhut. Chan fhaca mi dad cho grànda eadar mo dhà shùil riamh."

Chuir Suki a corrag chun a' chloc a bha crochte ris a' bhalla, air an robh na spògan a' sealltainn cairteal an dèidh mheadhain-latha. "Seall air cloc," thuirt i.

"Dè mu dheidhinn?" thuirt Sam.

"Stad e," thuirt Suki.

"Seadh?" thuirt Sam.

"'S tusa thug air cloc stad," thuirt Suki. "Tha d' aodann cho grànda. Leòr cloc bochd seachad. Tha e a-nis air stad."

Dh'fhalbh Sam is bus air.

Bha Raonaid na lùban a' gàireachdaich.

9

Glagraich nam Ban

23 Lùnastal: 12.30

Bhruidhinn Suki ann an cainnt làidir Hearach: "Mas e eucoir a th' ann ma reiceas mise fichead Regal – tipped – ri balach òg fo aois sia bliadhn' deug, carson nach eil e na pheacadh nuair a tha amadan na croich' ud a' straibhèicearachd air feadh an t-sluaigh gun dotair na chois?"

"Chan eil . . . chan eil fhios agam," thuirt Raonaid. "O, am faca sibh aodann?" Tharraing i a h-anail. "Raonaid NicAmhlaigh, Rùm a Còig," thuirt i.

"Rùm a Còig. Nach robh dithis agaibh ann?" thuirt Suki.

"Bha an toiseach," thuirt Raonaid. "Ach chaidil esan sa bhan."

"Fear reamhar, mì-mhodhail 's fìor dhroch smùid air – 'n e sin am fear a bh' ann?" thuirt Suki.

"Sin Murchadh," thuirt Raonaid.

"Sin am fear a thàinig thugam sa bhàr a-raoir," thuirt Suki, "'s e a' coiseachd cho stràiceil ri John Wayne 's a chuir ceist orm." Bhruidhinn i ann an guth ìseal, smùdach: "'Seadh, a nighean, dè cheannaicheas mi dhut . . . tractar?'"

"Sin an seòrsa rud a chanadh e 's an deoch air," thuirt Raonaid.

"Can ris gun a bhith a' cur air na seacaid sin ma thig e a-staigh an seo 's an latha geal ann," thuirt Suki.

"Carson?" thuirt Raonaid.

"Gearraidh na balaich òga an-àird i agus smocaidh iad i," thuirt Suki. Choimhead i air leabhar. "À, tha thu gar fàgail an-diugh, nach eil?" thuirt i.

"Uill," thuirt Raonaid, "bha mi airson bruidhinn ribh mu dheidhinn sin . . . 's e sin ma tha mionaid agaibh."

"Bhiodh e na thoileachas dhomh, a nighean," thuirt Suki. Chuir i a h-uilnean air a' chuntair agus chrom i a ceann. "Bhon a fhuair mi cuidhteas Sam the Scam," thuirt i, "chan eil càil ann a b' fheàrr leam na cèilidh beag còmhla ri cuideigin coltach riut fhèin."

"Sam the –" thuirt Raonaid.

"Bòstair de dhuine a th' ann," thuirt Suki. "Bidh e dèanamh corra phrògram telebhisean dhan Bheeb. Tha iad uile grod. 'S e cruadhlag dhamainte a th' ann cuideachd. Ghoideadh e a' bhoiteag bhon chirc dhall."

"Nach ann ann a tha am breugadair!" thuirt Raonaid.

"Thàinig an dearbh fhacal gu bàrr mo shlugaid," thuirt Suki, "ach dhùin mi sìos e. Tha e airson an t-àite seo a cheannach. Ach cha toir e fiach an airgid air. 'S e an t-eagal as motha th' ormsa gum faigh e gu Nigel – sin an duin' agam – 's gum bi esan air a bhuaireadh le sùim mhòr airgid-làimhe, bheil thu tuigsinn?" Choimhead i air Raonaid gu stòlda. "Cò mu dheidhinn a bha thu deònach bruidhinn, a Raonaid?"

"Uh, uill, bha – bha mi airson . . . comhairle fhaighinn," thuirt Raonaid. "Tha mi ciallach–"

"Comhairle!" thuirt Suki. "Nach tu th' air tighinn dhan àite cheart? Tha gliocas na h-Àird an Ear dìreach a' taomadh a-mach asamsa."

"An ann à Sìona a thàinig an gliocas seo?" thuirt Raonaid.

"Caolas Sgalpaigh," thuirt Suki. "'S ann às a bha mo sheanmhair air taobh m' athar. 'Bean Shanghai' a chanadh iad rithe. Bha mo sheanair na phoidhleat ann an Shanghai uaireigin, is 's e thug an àirneis a tha seo dhachaigh leis."

"Uill, smaointich – bha mise smaointinn . . . Tha mi ciallachadh . . ." thuirt Raonaid.

"Gu robh boinne dhen fhuil Shìonach annam?" thuirt Suki. "Chan eil . . . ged a tha mi caran buidhe sa chraiceann – ach tha feadhainn fada nas duirche na mise a' fuireach air Scott Road. Tha mise cho Gàidhealach ri fàd-mòna. O, 's fìor thoigh leam na rudan beaga a chruinnich mo sheanair a bhith timcheall orm. Tha Cuillin Lodge dìreach mar chuimhneachan air mo sheanmhair."

"O . . . tha mi tuigsinn," thuirt Raonaid.

"Ach dè tha fa-near dhut mu dheidhinn Mhurchaidh?" thuirt Suki.

"Chan eil fhios agam," thuirt Raonaid. "Tha mi an dèidh fògradh a thoirt dha: mura tig e le airgead, tha mi dol a dh'fhalbh air an aiseag an-diugh feasgar 's a' dol ga fhàgail an seo."

"'S math a rinn thu, a Raonaid," thuirt Suki. "Cumaidh sin fo rian e . . . mas e 's gu bheil e fhèin measail ort." Chuir i stad air a còmhradh. "Dè a-nis a' bhruidhinn a th' ort mu dheidhinn airgid?" thuirt i.

"Tha – tha buintealas aige ri Murchadh cuideachd," thuirt Raonaid.

"'S esan mullach is fèitheam do stòiridh, a nighean," thuirt Suki.

"'S e," thuirt Raonaid. "'S esan a th' ann an sin, nach e?"

"A-nis," thuirt Suki, "an dèan mi suas do chunntas?"

"Mar a thuirt am bodach Barrach, tha mi ann an quadrangle," thuirt Raonaid.

"Nach inns thu dhomh?" thuirt Suki.

"Faodaidh mi pàigheadh airson loidseadh na h-oidhche a-raoir," thuirt Raonaid, "agus bidh gu leòr fhathast agam a bheir dhachaigh mi. Air neo faodaidh mi fuireach oidhche a bharrachd – còmhla ri Murchadh."

"Thoir dhomh do dhà làimh, a Raonaid," thuirt Suki. Ghlèidh Suki làmhan Raonaid gu h-aotrom na làmhan fhèin.

"Dè tha sinn a' dèanamh?" thuirt Raonaid.

"Dèanamaid ùrnaigh," thuirt Suki.

Tharraing Raonaid a làmhan air falbh gu cabhagach. "Uh – cha chreid mi gun dèan," thuirt i, "ma tha e ceart gu leòr leibhse."

"Ist, òinseach," thuirt Suki. "Chan ann do Dhia Mòr nan Gràsan a bhios tu a' gabhail d' ùrnaigh. 'S ann a bhios tu gad cheasnachadh fhèin."

"Cha bhi," thuirt Raonaid. "Trobhad, chan eil mi deònach ur goirteachadh, ach – is coingeis leamsa dè an creideamh a bhios aig daoin' eile, fhad 's nach bi iad a' feuchainn ri cruidhean iarainn a chur air mo chasan-sa."

"Chan eil thu ag èisteachd rium, a Raonaid," thuirt Suki. Rug i air làmhan na tèile a-rithist. "'S ann a tha mi dìreach gad ionnsachadh air mar a thèid agad air còmhradh a dhèanamh eadar thu fhèin agus an Raonaid a tha an taobh a-staigh dhìot."

"Los gum bi mi a' bruidhinn rium fhèin?" thuirt Raonaid.

"Sin e," thuirt Suki. "Gus am bi thu a' tarraing air an uimhir de chumhachd 's de ghaol a tha thu a' gleidheadh annad fhèin."

"Dia bhith timcheall orm!" thuirt Raonaid. "Ma thòisicheas mi air bruidhinn rium fhèin, bidh daoine a' togail na fòn 's ag ràdh, 'Faighibh a-mach dè na leapannan anns na h-ospadalan-cuthaich a tha falamh'."

"An cuala tu riamh iomradh air *Yin* is *Yang*?" thuirt Suki.

"Cha chuala," thuirt Raonaid. "Chanainn-sa gu bheil buintealas aca ri drabastachd."

"Tha *Yang* coltach ri teine," thuirt Suki. "Ma tha an teine ro theth, loisgidh tu an càl. Tha *Yin* coltach ri uisge. Ma tha cus agad sa phoit, thèid an càl a dholaidh."

Thàinig dlùth-chrith air gach cnàimh ann an Raonaid le oillt. "Tha sibh air mo cheann a chur na bhrochan cheana, a bhean chòir," thuirt i.

"Bheil de dh'earbsa agad asam dèanamh mar a dh'iarras mi ort – ri linn 's gun atharraich thu do bheatha?" thuirt Suki.

Bha dàil bheag ann. "Okay," thuirt Raonaid. "Dè th' agam ri dhèanamh?"

"An toiseach dùin do shùilean," thuirt Suki.

"Dè a-nis?" thuirt Raonaid.

"Leig le t' inntinn falbh leis a' ghaoith . . . gu slaodach, màirn-ealach . . . dìreach mar a dh'fhalbhas driùchd na maidne air lòn aig èirigh na grèine . . ." thuirt Suki.

"Mmmmm," thuirt Raonaid.

"Can às mo dhèidh-sa: 'Càit am bu toigh leat gun rachainn?'" thuirt Suki.

"Càit am bu toigh leat gun rachainn?" thuirt Raonaid.

"Can seo: 'Dè bu toigh leat gun dèanainn?'" thuirt Suki.

"Dè bu toigh leat gun dèanainn?" thuirt Raonaid.

"Às mo dhèidh a-nis: 'Dè bu toigh leat gun canainn, agus cò ris a chanainn e?'" thuirt Suki.

"Dè bu toigh leat gun canainn, agus cò ris a chanainn e?" thuirt Raonaid.

Bha dàil mhòr ann an turas seo.

"Uill?" thuirt Suki.

"Uill, dè?" thuirt Raonaid.

"Bheil thu falbh no fuireach?" thuirt Suki.

"Fanaidh mi oidhche eile – ma tha an rùm saor," thuirt Raonaid.

"Is e làn-dì do bheatha," thuirt Suki. "Èist, an do rinn an còmhradh a bh' agad feum?"

Bhruidhinn Raonaid gu suidhichte: "Bha an . . . Bha . . . an rud a rinn sinn gu math feumail."

"Is math sin," thuirt Suki. "Cha ghabh mi pàigheadh bhuat airson an rùm a-nochd. Cha ruig thu leas ach dusan nota a thoirt dhomh."

"Tapadh leibhse," thuirt Raonaid. "Tha sin sgoinneil."

"Tud, nach tu tha modhail, a nighean!" thuirt Suki. "Faodaidh tu 'leat' a thoirt ormsa. Dìreach bheir 'Suki' orm. 'S e sin an t-ainm ceart a th' orm co-dhiù . . . Suki Mhoireasdan." Thug i sùil air Raonaid. "Dè tha thu dol a dhèanamh mu dheidhinn-san?"

"Tha sin an urra ris fhèin," thuirt Raonaid. "Ma gheibh e an t-airgead . . ."

"Dè nì sibh?" thuirt Suki.

"Uill," thuirt Raonaid, "tha mi cinnteach gur e oidhche nam pòg a bhios againn."

"Tha mi 'n dòchas gun soirbhich leis," thuirt Suki.

"Tha 's mise," thuirt Raonaid.

"Chan ann air a sgàth-san," thuirt Suki, "ach air do sgàth-sa . . ."

"Ach mura faigh e na th' agam air," thuirt Raonaid, "'s mura fuirich e sòbarra . . . bidh e na chnap anns an t-sèithear fad na h-oidhche, an dara cas tarsainn air an tèile."

"Siud an dòigh orra, a nighean!" thuirt Suki. "Mas e 's gu bheil e an dàn dhuibh a dhol dhan leabaidh còmhla a-nochd, faighnich thusa dhad chridhe dè as còir dhut a dhèanamh." Bha dàil bheag ann. "Dè an size a th' agad?" thuirt i.

"Bàillibh?" thuirt Raonaid.

"Dè an size a tha thu a' gabhail ann an aodach?" thuirt Suki.

"Deich," thuirt Raonaid. "Carson?"

"Cha b' urrainn na b' fheàrr," thuirt Suki. "Cuiridh tu a h-uile duine bun-os-cionn ma chuireas tu an *cheong-sam* ort."

"Cò air a tha thu a-mach?" thuirt Raonaid.

"Ma chuireas tu ort dreasa bhrèagha dhen t-sìoda a th' agam dhut," thuirt Suki, "cha bhi fireannach san àite nach bi sùilean gobhair a' brùchdadh a-mach às a cheann." Bha dàil bheag ann. "Murchadh cuideachd," thuirt i.

"'S dè mura bi e air a bhuaireadh leis an dreasa?" thuirt Raonaid.

"Faigh cuideigin eile a bhitheas," thuirt Suki.

"Hoigh, Suki," thuirt Raonaid, "is fìor thoigh leam Murchadh. Cha tig fear eile na àite."

"Ma tha thu a' coimhead snog dha," thuirt Suki, "uill, 's e fàbhar a bharrachd a bhios tu a' dèanamh dha. Èist – tha mise cearta coma an obraich e dhut fhèin is do Mhurchadh gus nach obraich. Caidlidh sibh còmhla air neo cha chaidil. Ach bu mhath leam nam faicinn thu 's an dreasa Shìonach ort."

"Cuiridh mi aon cheist ort, ma-tà," thuirt Raonaid.

"Siuthad," thuirt Suki.

"Carson a tha thu cho deònach gun cuir mi orm an dreasa?" thuirt Raonaid.

Chrath Suki an ìomhaigh de Frank Bruno/Ar Slànaighear. "Trobhad," thuirt i. "Tha mise pòsta aig gill-onfhaidh nach aithnich an diofar eadar Frank Bruno agus Ar Slànaighear! Nach eil mi airidh air beagan de bhòilich?"

Thòisich an dithis aca air gàireachdaich.

"Okay," thuirt Raonaid. "Ach feumaidh sinn a bhith luath."

"Dè a' chabhag a th' ort?" thuirt Suki.

"Tha mi airson faighinn a-mach ciamar a chaidh do Mhurchadh," thuirt Raonaid.

Dhealaich iad. Chaidh Suki a-steach dhan oifis. Ruith Raonaid suas an staidhre le bagannan.

10

Deasachadh

23 Lùnastal: 12.40

Bha Murchadh na ghurraban ri taobh na leapa ann an Rùm a Còig. Bha e a' rannsachadh a h-uile màileid. Leig e às gruagan, dreasaichean, deise Ghàidhealach, bòtannan is rudan eile – a h-uile sìon a dh'fheumadh e fhèin is Raonaid a thoirt air cuairt. Nuair a thagh e badan aodaich, chuir e làmh na phòca agus, gu slaodach, cùramach, thug e a-mach bogsa beag. Dh'fhosgail e am bogsa agus choimhead e air an fhàinne a bha na bhroinn. "O, 's tu mo thasgaidh!" thuirt e.

Dhùin e am bogsa cha mhòr le ùmhlachd, agus stob e e ann am pòca taobh a-staigh seann sheacaid. Gu cabhagach chaidh e a-null gu badan aodaich a thagh e mu thràth agus chuir e air lèine chlòimh liorcach le bann grànda flùranach, seacaid fada ro mhòr de chlò Hearach, briogais mhòilisgin de dhath liath-chorcra agus brògan àrda luideach. Chuir e air glainneachan gu math trom, agus siud e sgeadaichte. Sheas e air beulaibh an sgàthain agus chìr e a ghruag bho cùl gu toiseach. Riaraichte, ghluais e a-null chun na leapa agus chruinnich e na pàipearan a sgrìobh e bho chionn deich mionaidean. Shlìob e pòca na seacaid, agus thàinig gleadhraich a-mach mar gum biodh tòrr de bhotail bheaga na broinn. Tharraing e anail agus theann e ri seòrsa de channtaireachd a dhèanamh leis na faclan: "Zsa, zsa-zsa, zsa, zsa-zsa, zsa-zsa, szazs . . . A' Ghlas-ghuib ort . . . Poichum, tilidh tillidh um-b– . . . zsa-zsa mo chiall . . ."

Dh'imich Murchadh gu stràiceil agus chrath e a cheann is a làmhan airson deagh ghreis, aig amannan a' toirt a' bhogsa a-mach agus a' coimhead air le bàidh. Mu dheireadh chaidh e a shìneadh san leabaidh agus choimhead e air an sgriobt gun bhruidhinn idir.

Ghluais Raonaid gu ciùin a-steach dhan rùm 's i dreaste ann an *cheongsam* sgàrlaid dhen t-sìoda, 's i air a gearradh bho glùin gu meadhan, agus brògan cnapach air a casan. Thog i a gàirdeanan los gun slìobadh i a gruag fhada bhàn, agus ghiùlain i i fhèin mar gum biodh i airson Murchadh a thoirt a thaobh mar a dhlùthaich i dha, is esan a' coimhead oirre le bheul fosgailte.

"Hello, sailor," thuirt Raonaid.

"Mise th' ann, a Raonaid!" thuirt Murchadh.

"Tha fhios a'm gur tusa a th' ann, amadain," thuirt Raonaid. "Dè na badan aodaich grànda sin a th' ort? Thalla a-null dhan sgàthan sin gu 'm faic thu cho uabhasach 's a tha thu a' coimhead."

"Sheall mi mu thràth," thuirt Murchadh. "Tha e taght'. Tha seo anns a' phlana a th' agam."

"Dè 'm plana?" thuirt Raonaid.

"Tha mi air a dhol carach, seòlta," thuirt Murchadh, "los gum faigh mi an t-airgead."

"Nach do reic thu a' bhana fhathast? thuirt Raonaid. "Dè tha thu air a bhith a' dèanamh fad na maidne?"

"Chan eil mi dol a reic na bhana," thuirt Murchadh.

Chrom Raonaid a ceann, chuir i a meòirean fo gruag, thilg i a falt air ais thar a guailnean, thog i a ceann agus choimhead i air Murchadh bus ri bus. "O, nach eil?" thuirt i.

"Chan eil," thuirt Murchadh, "tha mi dol a reic rudeigin eile. Seall – tha mi an dèidh a h-uile sìon a dhealbhadh gu mionaideach."

Thug Murchadh seachad an sgriobt. Cha tug Raonaid sùil ach air a' chiad dhuilleag.

"Uill, uill, uill," thuirt Raonaid. "Nach tu *tha* air a bhith dripeil!"

"Dripeil gu leòr," thuirt Murchadh. "Obraichidh seo. Tha mi air a leithid de chluich a dhèanamh grunn thursan. Nach do dh'inns mi dhut mun turas a reic mi bò mo mhàthar ri Donnchadh Mhurchaidh? Dh'iarr mi ceann na bà air a' bhùidsear agus thiodhlaic mi e anns a' pholl-mhònadh."

"Agus nuair a dh'ionndrainn a' chailleach bhochd am mart," thuirt Raonaid, "sheall thu an ceann dhi agus thuirt thu gun deach a bàthadh."

"Tha mise ag innse dhut, a Raonaid," thuirt Murchadh, "ma chumas sinn ris an sgriobt seo, bidh gach ceist a tha romhainn air a fuasgladh."

Chuir Raonaid a basan air mullach na leapa, dhìrich i a gàirdeanan, leig i a taic orra agus thuirt i: "Ach cò às a tha a' bhò a' dol a thighinn an turas seo?"

"Cò mu dheidhinn tha thu bruidhinn?" thuirt Murchadh. "Dè a' bhò?"

"Bha thu a' bòstadh mun chleas a rinn thu leis a' bhoin," thuirt Raonaid. "Can gun tèid mise còmhla riut anns a' ghnothach seo. Cò dheth a tha sinn a' dol a ghearradh a' chinn an turas seo?"

"Tha fhios a'm gur e deagh sgriobt a sgrìobh mi," thuirt Murchadh. "Agus tha fhios agam dè tha dol a thachairt nuair a bhios sinn ga actadh."

"Tha thu air a bhith cho trang a' sgrìobhadh 's nach eil thu eadhon a' smaointeachadh air duine eile a tha nad bheatha," thuirt Raonaid.

"'S ann air do leithid-sa a tha thu a-mach," thuirt Murchadh.

"'S ann air mo leithid a tha mi a-mach," thuirt Raonaid. "Saoil càit an d' fhuair mi an t-aodach seo a th' orm? Saoil carson a dh'fheuch mi ri bhith air mo phònaigeadh an-diugh? Tha thu gam fhàgail shuas an seo 's gun agam ach ochd nota deug nam sporan? Tha thu gealltainn gum faigh thu dà cheud gu leth? Thèid mise sìos a bhruidhinn ri Suki, eh?"

"Suki?" thuirt Murchadh.

"Bean an taighe," thuirt Raonaid. "Tha ise toirt dhomh an rùm airson dusan nota, agus tha i a' leigeil leam fantail oidhche eile an-asgaidh." Bhruidhinn i gu ciùin. "Tha mi a' gabhail fadachd gus am bi mi còmhla riut," thuirt i.

"Dè do bharail air an sgriobt?" thuirt Murchadh.

"Bheil seo air do theangaidh?" thuirt Raonaid.

"Tha," thuirt Murchadh.

"Okay," thuirt Raonaid. "Siuthad. A B C."

"Dè?" thuirt Murchadh.

"An-fhoiseil . . . Bàrdachd . . . agus Caitheamh," thuirt Raonaid.

"Seadh," thuirt Murchadh.

"Seadh, dall ort," thuirt Raonaid. "'An-fhoiseil' an toiseach."

Thilg Murchadh a cheann air ais, a bheul fosgailte, agus tharraing e a cheann bho thaobh gu taobh. Rinn e dùirn dhe làmhan agus theann e ri bualadh nan aisnean mar gum b' e duine reòthta a bh' ann 's e a' feuchainn ri cumail blàth. Bha

Raonaid a' coimhead gu taobh eile mar gum biodh i coma. Mhùch i mèaranaich agus rinn i gnogadh cinn. "An ath rud," thuirt i. "'Bàrdachd'."

Choimhead Murchadh sìos, dh'fhuirich e le cheann shìos airson dioga no dhà, an uair sin thog e aodann. Bha e a' caoineadh. "'. . . A chaileag bhus-dubh, is tu a' chraobh leatha fhèin an lios nan sùl . . . A' ghlas-ghuib ort'," thuirt e. Stad e airson dioga. Thòisich e air aithris na bàrdachd a-rithist: "'. . . Gu cinnteach, dàna lùb thu mi gud dheòin / is dh'fhuadaich thu an teagamh grod om chrìdh'; / mar sin, air slighe rèidh ro-òrdaicht' m' òig', / ghluais mi tron latha 's shluig mo chiall am brìgh'."

Theann Murchadh ri caoineadh agus chuir e a cheann sìos air a ghàirdeanan. Bha dàil bheag ann. Rinn Raonaid crònan beag gun a bhith coimhead air. "Feuch am bruidhinn thu nas cruaidhe, Mhurchaidh," thuirt i.

"Huh?" thuirt Murchadh.

"Beagan nas coltaiche ri Luciano Pavarotti," thuirt Raonaid.

". . . Luciano Pavarotti bochd nach maireann?" thuirt Murchadh.

"Chan eil mi ach a' tarraing asad," thuirt Raonaid. "A-nis, C airson 'Caitheamh'."

Chuir Murchadh a làmh na phòca agus tharraing e a-mach bogsa beag a ghleidheadh seud. Gu slaodach, thog e suas am bogsa gus an robh e còmhnard ri shùilean, dh'fhosgail e am bogsa agus sheall e air na bha na bhroinn. Thòisich a ghàirdeanan air critheadaich leis cho teann 's a bha grèim aige air. Le beuc, chaill e a ghrèim air a' bhogsa agus chaidh a thilgeil mu shia troighean às an adhar, far an do ghlac Raonaid e le aon làimh.

"Unghh . . . O!" thuirt Murchadh.

Thilg Raonaid am bogsa air ais thuige agus stob e na phòca e. "Bheil na pileachan agad?" thuirt i.

Thug Murchadh sgailc do phòca na seacaid aige. "Tha," thuirt e.

"Uill," thuirt Raonaid, "bheil thu airson an fhìrinn a chluinn-tinn?"

"Tha," thuirt Murchadh.

"Uill," thuirt Raonaid, "chan eil an sgriobt dona." Thug i an sgriobt air ais dha.

"Chan eil an sgriobt dona?" thuirt Murchadh. "Tha e air leth math."

"'S tu nì am fìor amadan," thuirt Raonaid. Chuir i a gàirdeanan timcheall air agus thug i gurradh dha.

"Ma thig thusa a-mach leis na loidhneachan a sgrìobh mi dhut, a Raonaid," thuirt Murchadh, "chan eil rathad ann nach toir sin a char às duine sam bith."

"Bidh sin an urrachd am fear a thaghas tu," thuirt Raonaid.

"Tha mi air a thaghadh mu thràth," thuirt Murchadh.

"Cò?" thuirt Raonaid.

Bha dàil bheag ann. Bhruidhinn an dithis aca aig an aon àm: "Sam the Scam!" thuirt iad.

"Okay," thuirt Murchadh. "Fòghnaidh na dh'fhòghnas." Leig e e fhèin fa sgaoil gu grad, agus choisich e a dh'aon ghnothach chun an dorais. "Tha mi gad fhàgail a-nis," thuirt e, "agus 's dòcha gum bi mi air falbh airson greis."

11

Stalcaireachd

23 Lùnastal: 12.50

Bha Murchadh na sheasamh faisg air bòrd-sanais aig ceann a' chidhe. Dh'fhàs a chorp gu lèir rag. Bha Raonaid na deann a' ruith ga ionnsaigh. Bha deise banaltraim oirre le bonaid beag geal air bàrr a cinn. "Mhurchaidh, a Mhurchaidh," dh'èigh i, 's a h-anail na h-uchd.

"Dè th' ann?" thuirt Murchadh.

"Mhurchaidh, tha thu às do chiall," thuirt Raonaid.

"Feumar a dhèanamh," thuirt Murchadh.

"Chan eil thu dol a chumail ort leis an obair gun dòigh a tha seo, a bheil?" thuirt Raonaid.

"'S mi tha," thuirt Murchadh. "Dè tha gad fhàgail an seo co-dhiù?"

"Chan eil mi," thuirt Raonaid. "Tha mi airson . . . Bidh thu a' feumachdainn cuideachadh. Cha dèan thu an gnothach leat fhèin."

"'S mi gun dèan," thuirt Murchadh. "Atharraichidh mi an sgriobt da rèir mura bi thu ann. Ach 's e do bheatha tighinn còmhla rium, ma tha thu titheach gum faic thu mise a' toirt a char às Fear Tong Television."

"Cha b' urrainn dhomh leigeil leat an obair seo a dhèanamh leat fhèin," thuirt Raonaid. "Tha mi gus a bhith nam thacsa dhut."

"Bheil thu smaointinn nach dèan mi 'n gnothach air?" thuirt Murchadh.

"Uill . . ." thuirt Raonaid.

Gheàrr Murchadh an èadhar leis an sgriobt. "Oir," thuirt e, "tha mi dol ga shlaiseadh, ga bhreabadh, ga shaltairt 's ga dhochann."

"Sguir dhen bhruidhinn tha sin," thuirt Raonaid. "*Tha* mi dòigheil còmhla riut. 'S e duine brèagha a th' annad, a Mhurchaidh, bheil fhios agad?"

"Tha fhios a'm, tha fhios a'm," thuirt Murchadh.

"Inns dhomh gu h-onarach mar a tha thu a' faireachdainn," thuirt Raonaid.

"Tha mi faireachdainn dìreach cumhachdach," thuirt Murchadh.

Ghluais Raonaid gu luath air a chùlaibh agus chuir i a gàirdeanan tro achlaisean. "Carson a thagh thu Sam?" thuirt i.

"Carson?" thuirt Murchadh. "A chionn 's gur esan a rinn *Ar Dùthaich Fhìn* 's gur e duine mòr a th' ann."

"Coma leat de phrògram na mallachd a tha sin," thuirt Raonaid. "Chan eil mi airson bruidhinn air sin an-dràsta. Chan eil no thusa." An dèidh greis, chuir i a làmhan air a bhroilleach. "Carson a thagh thu Sam?" thuirt i.

"Chan eil e toirt urram do dhuine sam bith eile ach dha fhèin," thuirt Murchadh. "Tha esan dhen bheachd nach eil ann ach dà sheòrsa dhaoine: sgalagan is maighstirean. Tha e smaointinn gur e tràill a th' annamsa, ach leigidh mise ris dha."

"Cuidichidh mi fhèin leat," thuirt Raonaid.

"Mar a thoilicheas tu fhèin," thuirt Murchadh. "Cuiridh mi car dhen chuibhill mar a dhèanainn le bradan 's an dubhan ann."

"An cual' thu an rud a thubhairt mi?" thuirt Raonaid. "Tha mi a' dol gad chuideachadh."

"An cual' *thusa* an rud a thuirt *mise*?" thuirt Murchadh. "Thèid agam air an obair a tha seo a dhèanamh leam fhìn." Theann e ri ruidhle a dhannsa, 's e air a thogail gu mòr. "O, b' fheàrr leam gum b' urrainn dhomh tiogaid a cheannach airson gum faicinn fhìn an dealbh-chluich seo," thuirt e. Thug e pòg dha làimh fhèin mar gum biodh e ann an gaol leis fhèin. "Mmmm!" thuirt e.

Leig Raonaid le làmhan a bhith a' slìobadh a bhroillich agus leig i a cuideam air gus an robh a smiogaid air a geannadh air mullach a chinn.

"Mhurchaidh?" thuirt i.

"Hmmm?" thuirt Murchadh.

"Dè shaoileadh tu nan canainn riut nach robh dragh agam mun airgead?" thuirt Raonaid.

Bha Murchadh trang a' sgrùdadh an sgriobt. "Saoil am biodh e cus nan tòisichinn air smugaidean a chaitheamh?" thuirt e.

"Tha mi fuireach a-nochd . . . far a bheil mi," thuirt Raonaid. Ghluais i a bodhaig, ga phutadh sìos, gus an robh a cìochan air cùl a chinn. "Dè mar a chòrdadh leabaidh chùbhraidh bhlàth riut fhèin?" thuirt i.

"Bhiodh sin glè . . ." thuirt Murchadh. Stad e. "Trobhad, a Raonaid," thuirt e. "Tha obair agam ri dhèanamh. Chan ann air leapannan a tha m' aire, ach air an latha mhòr a tha air tighinn – an latha a bha an *dàn* dhomh riamh." Lùb a ghlùinean.

"Nach gabh sinn cuid ar croinn?" thuirt Raonaid. Bha dàil bheag ann. "Tha mise deònach," thuirt i.

"Ach carson a chuir thusa an t-airgead air an dara taobh?" thuirt Murchadh.

"Ohhhhh– . . . dà adhbhar agam," thuirt Raonaid. "A' chiad fhear, thug Suki an rùm dhomh an-asgaidh. Agus a bharrachd air sin, tha mi airson gum bi thu còmhla rium, a Mhurchaidh."

Gu h-obann, thàinig fear a-mach às Cuillin Lodge. Chaidh e gu doras an Range Rover agus thug e a-mach màileid dhonn leathair.

"Seall, a Mhurchaidh," thuirt Raonaid. "Siud am fear a bha sinn a' coimhead air a shon."

"Càite?" thuirt Murchadh. "Cò th' ann?"

"An cìobair à Corstorphine," thuirt Raonaid. "Siud e air taobh thall an Range Rover."

Choimhead iad air Sam, 's e a' toirt seachad òrdan, a' crathadh a làmhan, ri dràibhear an Range Rover. Thionndaidh e air falbh, a' mhàileid dhonn na làimh, agus choisich e gu sunndach sìos loidhne nan càraichean an taobh a bha am bòrd-sanais agus an taigh-bìdh agus am bàr air an taobh thall. Mar bu dhlùithe a bha e tighinn gu far an robh Murchadh is Raonaid nan seasamh, 's ann bu luaisgiche a bha iadsan a' fàs. Mu dheireadh, chuir iad an cùlaibh ris agus leig iad orra gu robh iad a' leughadh nan amannan-seòlaidh.

"Aithnichidh mi e," thuirt Murchadh. Thàinig beachd-smaoin thuige. "'S dòcha gun aithnich esan mise. Nach eil fhios agad gu bheil mi air a bhith air telebhisean?"

"Mhurchaidh, bha thusa air telebhisean Gàidhlig," thuirt Raonaid. "Bha thu air *Speaking Our Language*. Aig leth-uair an dèidh ceithir sa mhadainn. Chan fhaca Sam thu. Chan fhaca duine beò thu. 'S dòcha gum faca corra dhuine anns a' Fan-club thu, ach chaidh siud 'demino' an-uiridh – bhàsaich dithis dhiubh."

Chaidh ceann Mhurchaidh sìos, chaidh craiceann aodainn na chriomagan agus theab e tòiseachadh air caoineadh. ". . . Sguir, a Raonaid . . ." thuirt e.

Thuirt Raonaid is i air a cur thuige gu mòr, "Trobhad, nuair a thig duine sam bith dhachaigh aig ceann na seachdain agus ma chluinneas e Gàidhlig air an telebhisean, tha an t-àm aige na jàmas a chur air sa bhad. Tha sin a' ciallachadh gu bheil e anmoch dha-rìribh."

"'S e actair leth-aithnichte a th' annam," thuirt Murchadh.

"Leth-aithnichte?" thuirt Raonaid. "Tha thu neo-aithnichte, a laochain. A dh'innse na fìrinn, chan eil thu eadhon neo-aithnichte. 'S e a th' annad ach pearsa a chaidh air chall!"

"Cha chreid mi nach eil thu ceart," thuirt Murchadh gu cianail.

"Tha mi duilich, a Mhurchaidh," thuirt Raonaid. "*Tha* mi dòigheil còmhla riut. 'S e mo choire-sa a th' ann, a Mhurchaidh. Cha bu chòir dhomh iomradh a thoirt air *Speaking Our Language*. Bha thu sgoinneil anns a' phrògram sin. A' chiad shreath a chaidh a-mach, fhuair iad na mìltean de litrichean gad mholadh."

"'N fhìrinn?" thuirt Murchadh.

"'N fhìrinn," thuirt Raonaid. "A-nis, a bheil thu deònach smùid a chur às itean Tong Television?"

Nuair a chaidh Sam seachad orra, shìn Raonaid a-mach a corrag mar gum b' e daga a bha aice. Tharraing i a' chorrag thuice mar gum biodh i a' fàsgadh iarann-leigidh. Ghnog i a ceann gu h-ealamh a dh'ionnsaigh druim an Stiùiriche agus lean iad an creach air an socair. Choisich iad gu slaodach – b' e a b' adhbhar dha seo gun do dh'fhàs Murchadh cuagach gu grad 's e a' feuchainn ri ceum coiseachd a dhèanamh – gu doras an Taigh-bhìdh agus a' Bhàir.

12

A h-Aon 's a Dhà

23 Lùnastal: 13.40

Le Raonaid air thoiseach, choisich an dithis chun a' bhùird far an robh Sam na shuidhe. Bha am fear a bh' ann trang le botal Tippex agus sguab bheag ag atharrachadh bhileagan malairt. Nuair a chunnaic e cho bòidheach 's a bha Raonaid a' coimhead is èideadh na banaltraim oirre, cha mhòr nach do bhrùchd na sùilean a-mach às a cheann. Chuir e sìos na h-innealan gu cabhagach agus chaog e oirre.

"Am faod sinn suidhe còmhla riut?" thuirt Raonaid.

"Umh-humh," thuirt Sam.

Chaidh nighean òg à Thailand seachad orra le losaid làn de thruinnsearan salach. Rinn i ùmhlachd dhaibh air fad. "Kam sah ham ni da," thuirt i.

"Dè tha i ag ràdh?" thuirt Sam.

"Tha mi creidsinn gu bheil i a' faighneachd dè mar a tha a' mhuc," thuirt Murchadh.

Choimhead Sam air Murchadh tro shùilean falamh, agus an uair sin lean e air leis an Tippex a' breugnachadh nam bileag.

Thàinig an nighean Thai, 's leabhar-nota is peann na làimh, chun a' bhùird. "What you have?" thuirt i.

"Bottle of water and two glasses, please," thuirt Raonaid. Dh'fhosgail i putain seacaid Mhurchaidh. "Medication time, Angus," thuirt i.

Nuair a chuala Sam a guth, thog e a shùilean far nam bileagan. Bha Murchadh gu luideach a' làimhseachadh sreath de bhotail ìocshlaint air a' bhòrd. Rinn Raonaid gàire gu faite. Thug i leth-oidhirp air èirigh los gun gabhadh i an t-uisge agus an dà ghlainne. Chuir an nighean am botal agus dà ghlainne air a' bhòrd. Chuir i a basan ri chèile, thog i barran a corragan suas gu a smiogaid agus rinn i ùmhlachd. "Welcome," thuirt i.

"Tapadh leat," thuirt Raonaid. "Tha mi guidhe ri Dia gun obraich na pileachan ùra tha seo. Tha mi 'n dòchas nach gabh e tè dhe na . . . turns aige."

Nuair a chuala Sam seo, choimhead e sìos air na pàipearan aige. Thug e sùil an rathad a bha Murchadh.

Bha am fear sin a' gogadaich is fhiaclan a' snagadaich mar gum biodh e a' dèanamh oidhirp air grèim a thoirt às a chluais chlì. Air ball, leig e sgreuch às, chrath e a chasan air an làr agus le a dhà dhòrn theann e ri bualadh aiseanan mar gum biodh cuideigin a bha a' feuchainn ri teas a thoirt gu làmhan a bha air an lapadh.

Air a socair fhèin, bha Raonaid a' fosgladh nam botal agus a' taomadh phileachan ioma-dhathach gu tuiteamach air a' bhòrd. Lìon i na glainneachan agus thog i an tè aice fhèin. "Slàinte," thuirt i.

Rinn Murchadh sgoltadh le a ghlainne fhèin agus an tè aicese, stob e làn a dhùirn de phileachan na bheul agus ghlug e balgam de dh'uisge. ". . . Shlàinte mhath . . . ish shaoghal fa'a," thuirt e.

Chrom Sam a cheann air adhart agus chomharraich e Murchadh le bhith a' gnogadh a chinn. "Dè tha ceàrr air?" thuirt e.

Chuir Raonaid a làmh air a broilleach. "An cridhe," thuirt i.

"O, seadh," thuirt Sam.

"Tha a chridhe gun fheum 's cha ghabh sìon a dhèanamh ris," thuirt Raonaid.

"Tha mi duilich sin a chluinntinn," thuirt Sam.

Fhad 's a bha Raonaid is Sam a' dèanamh a' chòmhraidh seo, tharraing Murchadh ultach de phàipearan a-mach às a phòca, thilg e a cheann air ais, a bheul fosgailte, agus thòisich e air gogadaich.

"Tha e dìreach air faighinn a-mach às an ospadal an Inbhir Nis an-diugh fhèin," thuirt Raonaid.

"An ann san Rathaig Mhòir a bha e?" thuirt Sam.

"Chan ann," thuirt Raonaid. "'S ann san taigh-chuthaich a bha e. Chaidh e às a chiall nuair a dhealaich an nighean a bha seo ris. Bhrist i a chridhe."

Thòisich Murchadh air bàrdachd aithris. "'. . . A chaileag bhus-dubh'," thuirt e, "'is tu a' chraobh leatha fhèin an lios nan sùl . . . A' ghlas-ghuib ort'." Stad e fad dà dhioga mar gum b' e actair a bh' ann dheth. "'Gu cinnteach, dàna lùb thu mi gud dheòin, / is dh'fhuadaich thu an teagamh grod bhom chrìdh'; / mar sin, air slighe rèidh, ro-òrdaicht' m' òig', / ghluais mi tron latha 's shluig mo chiall am brìgh'."

"Tha mi duilich, a dhuine," thuirt Raonaid, "'s ann air nighean na mallachd a tha e a' bruidhinn a-rithist."

Dh'èirich Murchadh is chaidh e air chuthach. "Tha mi dol a dh'fhaighinn cuidhteas e!" thuirt e. "Chan fhaigh m' anam fois fhad 's a tha e agam!" Tharraing e bogsa an fhàinne a-mach às a phòca agus le a dhà làimh shìn e am bogsa os a chionn. Bha crith na ghàirdeanan leis an fheirg. "Tha fiach dà mhìle nota an seo," thuirt e. "Is cha robh e math gu leòr dhìse! Uill, cha robh ise math gu leòr dhòmhsa. Tha mi a' dol ga thilgeil dhan loch!"

"Cuir air falbh am fàinne sin, Aonghais," thuirt Raonaid.

Thug Murchadh mothar às, coltach ri beathach ann an cràdh, chaill e a ghrèim air a' bhogsa agus chaidh e thairis air iteig gus an do ghlac Sam e le duilgheadas.

"Unghh . . . O!" thuirt Murchadh.

Fhad 's a bha Raonaid a' feuchainn ri comhartachd a thoirt do Mhurchadh, a bha a-nis a' gal gu do-smachdaichte, dh'fhosgail Sam am bogsa agus nochdadh fàinne boillsgeach gealladh-pòsaidh. Bha e gu bhith ga thoirt a-mach nuair a ghlac dòrn Raonaid am bogsa agus spìon i às a làimh e. "Glèidh thusa am fàinne sin, Aonghais," thuirt i. "Tha fiach airgid ann."

Bha Sam air a bheò-ghlacadh.

"Tha mise coma," thuirt Murchadh. "Leig leam a thilgeil dhan loch."

"Èist," thuirt Raonaid. "Till air ais e chun na bùtha às an tàinig e an ath thuras a bhios tu ann an Glaschu. Bheir iad dhut an dala leth as fhiach e. Gheibh thu mìle air ais gun dragh sam bith."

'S ann a bha Sam seachd bliadhna dà uair. "Am faod mi a faicinn, mas e bhur toil e?" thuirt e.

"Chan fhaod!" thuirt Raonaid.

"Leig leis coimhead air," thuirt Murchadh.

Cha tug Sam ach sgrùdadh gu math goirid air an fhàinne fhèin. Bha barrachd ùidh aige anns a' bhogsa, far an robh ainm seudair ainmeil sgrìobhte air a' mhullach agus cuideachd anns a' bhile-reic.

"Dè na ghabhadh e air a son?" thuirt Sam. "Trì cheud?"

"Dùin do bheul!" thuirt Raonaid.

"Leig leis bruidhinn," thuirt Murchadh.

Dh'èirich Raonaid agus rug i air a baga. "Aonghais, èist rium," thuirt i. "Tha solas a' phoirdse agad air a dhol às an-dràsta . . ."

Bha an dà sgealpag aig Murchadh air an dinneadh a-staigh na chluasan agus bha a cholann gu lèir a' luasgadh gu lùthmhor bho thaobh gu taobh.

"Tha e coimhead dòigheil gu leòr leamsa," thuirt Sam.

"Och, taigh na croiche dhan dithis agaibh!" thuirt Raonaid.

"Tha mise coma . . . tha mi dol ga thilgeil," thuirt Murchadh. Shìn e a làmh a-mach mar gum biodh e ag iarraidh an fhàinne air ais.

Chùm Sam e ri bhroilleach gu teann, 's e ga fhalach le làmhan. "Na dèan sin idir, Aonghais. Nì mi fhìn fàbhar dhut. Bheir mi dhut . . . Uh, dè ghabhas tu air a son?"

"Tha mise coma . . . ainmich fhèin prìs."

"Uill," thuirt Sam is e a' togail na màileid an làn-shealladh agus a' toirt a-mach trì ultachan de dh'airgead. "Dè ma bheir mi dhut? . . . Gu 'm faic mi . . ." Sgaoil e na notaichean a-mach agus chrath e iad air am beulaibh.

"Tha mise coma," thuirt Murchadh. "Gabhaidh mise rud sam bith. Còig, fichead, leth-cheud . . . rud sam bith . . ."

"Dè ma bheir mi dhut trì cheud?" thuirt Sam.

Chuir Raonaid a làmh air mullach tè Mhurchaidh is labhair i ri Sam: "Dè an t-slaightearachd a tha dol air adhart an seo? An ann a' dol a mhuinchill truaghain a tha le cridhe briste a tha thu?"

Spìon Murchadh an t-airgead bho làimh Sham. Sa bhad, spàrr e làmh anns a' bhaga agus bha làn a chròig aige de notaichean eile. Thilg e an t-airgead gu lèir gu mì-chùramach an uchd Raonaid. "Gabh thus an t-airgead, a Raonaid," thuirt e. "Tha mise coma." Rug Murchadh air an fhàinne agus chuir e dhan phòca-broillich aig Sam e. "Tha am fàinne agadsa a-nis," thuirt e. "Agus tha an t-airgead agamsa."

Dh'fheuch Sam ri grèim a ghabhail air na notaichean, ach dh'fhalaich Raonaid iad air a cùlaibh.

"Dhomh an t-airgead sin!" thuirt Sam. "Leamsa tha e!"

"Ceàrr," thuirt Murchadh. "Tha mi tuigsinn mar a tha thu a' faireachdainn. Ach rinn thu mearachd. Shaoil thu nach robh annam ach tràill gun fheum, 's chan e sin a th' annam idir. 'S aithne dhòmhsa dè tha ceart agus dè tha ceàrr. Rinn thusa ceàrr, a ghràidhein. Agus sgaoilidh mise fios gu ceithir ranna ruadh an domhain gun do rinn mi an gnothach air an fhear a chruthaich *Ar Dùthaich Fhìn.*"

Bhruidhinn Sam ri Raonaid: "Dè th' agadsa ri ràdh ris a' ghaisgeach?"

"Tha mi dìreach gun smid," thuirt Raonaid. Sheall i air Murchadh le meas. "Chanainn-sa gur e sin dìreach a th' ann: gaisgeach." Chuir i aodann Mhurchaidh eadar a basan agus thug i pòg mhòr dha.

Dh'èirich Sam. "Okay. Okay," thuirt e. "Sin agaibh e . . . Mar sin, fàgaidh mi, uh, canaidh mi . . . sin agaibh e."

"Tarraing, a shalchair ghroid tha thu ann," thuirt Murchadh. "Seo as dligheach dhut. Agus na bi thusa a' càineadh ar daoine fhìn. 'S e breugan a bh' agad mu ar deidhinn anns a' phrògram ud . . . Slàinte nan Gàidheal gasta . . . cac! Tha sinne mar a tha clann a' chinne-daonna air fad – math is dona. Tha facal againn an Uibhist: 'Chan eil air a' phìob a th' air a gleusadh ach port a chur oirre.' Tha a' phiob air a gleusadh. Cluich i no fàg i."

Sheall Raonaid is Murchadh air Sam 's e a' coiseachd a-mach air an doras gu h-èalaideach. Thàinig gàire air an aodannan. Thog iad dòrn an urra suas dhan adhar, 's iad a' toirt buille mar a dhèanadh bogsair 's e air buannachd.

13

Dìoghaltas Raonaid

23 Lùnastal: 14.00

Bha Murchadh is Raonaid a' sitrich 's a' gàireachdaich an-dràsta 's a-rithist fhad 's a bha iad a' dràibheadh a-mach à Ùige, Raonaid aig cuibhle na bhana.

"Saoil dè thachras," thuirt Murchadh, "nuair a gheibh e a-mach gur ann ann a Woolie's a chaidh am fàinne a cheannach?"

"Cha tachair dad," thuirt Raonaid. "Daoine mar sin, b' fheàrr leotha a bhith gan sgròbadh seach a bhith ag aideachadh gun do rinn iad mearachd."

"'S math a dh'aithnicheas tusa iad, ge-tà," thuirt Murchadh.

"Fuirich còmhla riumsa – chan fhaca tu sìon fhathast," thuirt Raonaid.

Rinn Murchadh gogail. Nuair a stiùir Raonaid a' bhana a-steach gu gearradh air làimh dheas an rathaid agus a stad i, thog e a ghuth: "Carson a stad sinn ann an seo?"

"Tha sinn airson ar soraidh a thoirt le Sam the Scam," thuirt Raonaid. Chomharraich i am bàta a bha a' seòladh gu rèidh fòdhpa anns a' bhàgh.

"Siud e a' fàgail na tìre 's e faisg air mìle nota a dhìth," thuirt Murchadh.

"Tha mi gad mholadh airson cho misneachail 's a bha thu anns a' Bhàr," thuirt Raonaid. "Bheil fhios agad air a seo? Chan fhaigh mi seachad air cho dàna 's a tha thu air a dhol."

"Dè tha thu ciallachadh – 'dàna'?" thuirt Murchadh.

"Uill," thuirt Raonaid, "bha thu nad shuidhe an siud ann an Taigh-Bìdh a' Bhàir 's bha thu an impis *ionnsaigh* a thoirt air Sam the Scam."

"Bha," thuirt Murchadh.

"Cha robh thu a' leughadh an eagail idir . . ." thuirt Raonaid.

"Carson a bhiodh an t-eagal orm?" thuirt Murchadh. "Trobhad ort – bhithinn a' dol gu dannsaichean anns an Ìochdar, bhithinn a' sabaid ri gillean an àite agus ri muinntir Loch a' Chàrnain. Ma shàbhaileas tu an siud, sàbhailidh tu ann an àite sam bith."

"Mhurchaidh, bha an t-eagal ormsa gun itheadh e thu beò slàn," thuirt Raonaid. "Nach biodh air fhàgail dhìot ach cnàmhan . . . is logaidh."

"Ist, a nighean," thuirt Murchadh. "Sguir dhed sgeòdal. Sin am fear a th' ann air falbh a-nis."

"Tha a chead aige," thuirt Raonaid. Gu grad, rug i air speuc-lairean Mhurchaidh agus thilg i gu tuiteamach tron uinneig iad.

Thàinig rudhadh air Murchadh. "Dè tha sinn a' dol a dhèanamh a-nis?" thuirt e.

"Togaidh sinn oirnn an-dràsta fhèin," thuirt Raonaid.

"Bheil sinn a' dèanamh dìreach air Glaschu?" thuirt Murchadh.

"Port Ruighe," thuirt Raonaid.

"Carson?" thuirt Murchadh.

"A' chiad rud," thuirt Raonaid, "tha sinn a' dol a cheannach aodaich ùir dhutsa. Chan eil annad, a Mhurchaidh, ach seana-phill gun eireachdas. Tha mi gad shamhlachadh ri fear a thàrr à Tsunami."

"Agus an uair sin, thèid sinn a Ghlaschu?" thuirt Murchadh.

"Cha tèid," thuirt Raonaid. "Tillidh sinn a Chuillin House. 'S fheudar gu bheil cuimhne agad, a Mhurchaidh, air oidhche nam pòg?"

Cha robh smiach aig Murchadh. Mu dheireadh thuirt e: "Sin e, ma-thà?"

"Chan e," thuirt Raonaid, "tha gnothach agam fhèin sa bhaile cuideachd."

"Dè an gnothach a tha sin?" thuirt Murchadh.

"Tha mi a' dol a chur fòn gu dithis no triùir as aithne dhomh," thuirt Raonaid.

"Fireann no boireann?" thuirt Murchadh, agus bha eud na ghuth.

"Cha chreid mi nach ann fireann a bhios iad," thuirt Raonaid le snodha gàire.

"Cò iad?" thuirt Murchadh.

"Luchd-naidheachd," thuirt Raonaid.

"Dè tha thu a' minigeadh?" thuirt Murchadh. "Tha thu ag ràdh gu bheil thu a' dol a chur fòn gu feadhainn as aithne dhut. Ach chan eil thu cinnteach an ann fireann no boireann a bhios iad. Cò as urrainn brìgh sam bith a thoirt à sin?"

"Chan urrainn dhaibh do mhealladh, a Mhurchaidh, dè?" thuirt Raonaid. "Bha còir agam a chantail gum b' aithne dhomh àireamhan na fòn airson dhà no trì de phàipearan-naidheachd ionadail. Cuiridh mi fòn dhan Òban, a Steòrnabhagh agus a Phort Ruighe fhèin, agus innsidh mi dhan duine a fhreagras mun sgainneal."

"Dè am feum a nì sin?" thuirt Murchadh.

"Leig leam innse dhut, a Mhurchaidh, mu luchd-naidheachd, ann an clò, air rèidio no air telebhisean," thuirt Raonaid. Tharraing i a h-anail. "Luchd-naidheachd . . . chan fhuiling sinn iad; cha bhiomaid beò às an aonais," thuirt i.

"Mas e Lachlainn Dhòmhnaill Ailein a' Mhachaire a chuir e fhèin ann an staing a thaobh dibhe, boireannaich, gillean òga no eucoir sam bith, tha an fheadhainn a tha ag obair ann an naidheachdan coma co-dhiù.

"Ach ma tha cliù agad, nì sin diofar. Bidh speuran an cinn togte. Tomhais cò ris a bhiodh e coltach nam b' e O.J. Simpson, George Michael, Mìcheal Jackson fhèin a bhiodh annad, agus nam bristeadh tu an lagh *agus* nam faigheadh fear-naidheachd a-mach mu dheidhinn . . . uill, ghrad-mharbhadh iad thu.

"Fòdhpa sin, tha armailt de dhaoine a dh'fheumas a bhith faiceallach. Ma tha obair agad ann an saoghal an telebhisean, mar shamhla, ma nì thu rud ceàrr 's ma gheibh daoine a-mach mud dheidhinn, thèid do cheusadh."

"Eadhon Stiùiriche ann an telebhisean Gàidhlig?" thuirt Murchadh.

"O, tha an sluagh a' dol a dh'fhaighinn a-mach mu dheidhinn Sam," thuirt Raonaid. "Gu deimhinne, tha."

"Cha tuirt duine riamh nach robh faclan luath nad bheul, a Raonaid," thuirt Murchadh.

"Tapadh leat," thuirt Raonaid. "Bidh m' athair ag ràdh gur e sin a dh'fhàg cho taitneach mi."

"Uill, chaidh do chur air seachran led athair," thuirt Murchadh. "Ach coma leat sin: dè mar a tha do theanga a' dol gad chuideachadh?"

"Tha mi dol a dh'innse dha na pàipearan ionadail an toiseach," thuirt Raonaid.

"Dè tha thu dol a dh'innse dhaibh?" thuirt Murchadh.

"Gum faca mi fhèin eadar mo dhà shùil faisg air ceithir mìle nota na cheas," thuirt Raonaid. "Canaidh mi nach eil e iomchaidh uiread de dh'airgead a bhith aig Stiùiriche. Nach eil P.A. aige a phàigheas na cosgaisean a-mach à leabhar-sheicean? Tha rudeigin mì-chneasta a' tachairt an seo. Bu chòir dhaibh Sam còir a cheasnachadh agus, cuideachd, bhiodh e glic faighinn a-mach dè an dol-air-adhart a th' aige le Suki is Nigel.

"A' chuid as motha dhen ùine, 's ann bho phàipearan-naidheachd beaga a gheibh an fheadhainn mhòr an stòiridhean. Gheibh iad fathannan air an Eadar-lìon cuideachd. Cho luath 's a gheibh iad fàileadh sgeulachd neòghlain mu chuideigin air a bheil a h-uile duine eòlach, thèid iad cho guineach ri madaidhean-allaidh.

"Na daoine a tha ann an cunnart bho na fangan ud, 's iad an fheadhainn a choisinn cliù nan cuid chiùird – cluicheadairean ball-coise is goilf, bogsairean, rionnagan ann an saoghal pop, sgrìobhadairean, luchd-teagaisg sna colaistean – 's a dhrùidh gu mòr air inntinnean an t-sluaigh air sàillibh cho ainmeil 's a tha iad. 'S e as adhbhar gu bheil Maighstir Naoi gu Còig a' gabhail ùidh ann an sgeulachdan mar seo – tha e a' saoilsinn gu bheil na h-uaislean a' faighinn cus airgid airson na tha iad a' dèanamh. Tha eadhon na fans aca farmadach. Nuair a leughas iad anns na pàipearan-naidheachd air neo nuair a chì iad air an teilidh stòiridh mu dheidhinn 'ainm' a chaidh a ghlacadh a chionn 's gun deach e no ise ceàrr uaireigin, bheir e grìs orra, ach am bonn an cridhe bidh iad toilichte."

"Agus bidh feum aca, na daoine ainmeil sin, air neach-lagha comasach, nach bi?" thuirt Murchadh. "Cuideigin coltach riut fhèin, 's dòcha."

"Math dh'fhaodte," thuirt Raonaid.

"Mar sin," thuirt Murchadh, "gheibh Sam a leòbadh bho mhuinntir nam meadhanan?"

"Chan e sin a-mhàin," thuirt Raonaid. "Chan e fàilte no aoigheachd a bhios ro mo laochan nuair a thilleas e a Pheairt. Nach minig Tong Television dham bi e a' dol."

"Carson?" thuirt Murchadh.

"Tha gràin an uilc aig muinntir telebhisean air slaightearachd a thaobh airgid," thuirt Raonaid. "Canaidh an M.D., 'Shomhairle, 's ann a tha mi gad shamhlachadh ri cnap phosphorus a tha na eòlan geal leis an teas a th' ann. Rinn thu thu fhèin rèidio-bheò. Ma chumas sinn thu anns an obair, cha tig bìg no bèic às na fònaichean. Ma gheibh na daoine a tha a' cur shanasan-reice dha na prògraman againn a-mach gu bheil slaightearachd a' dol air adhart anns a' chompanaidh againn, cha phàigh iad airgead dhuinn. Bidh sinn uile an taigh nam bochd.'

"'Till air ais an seo,' canaidh an M.D., 'an ceann dà uair an uaireadair le litir bheag laghach nad làimh ag innse gu bheil thu a' leigeil dhìot do dhreuchd an seo aig Tong Television gu saor-thoileach. Agus, a Shomhairle, falmhaich do dheasg.'"

"Dè thachras an uair sin?" thuirt Murchadh.

"Cuiridh am Bòrd a-mach Press Statement," thuirt Raonaid.

"Dè bhios iad ag ràdh?" thuirt Murchadh.

"Bidh a' bhreug aca," thuirt Raonaid. "Canaidh an M.D., 'It is with regret that Tong Television announces the departure of BAFTA-winning Director Sam Wilson. Mr Wilson is seeking fresh challenges in other fields. We are obliged to say that we wish him well as he moves on.' Sin uile."

"Nach e Sam a rinn a' mhiapadh!" thuirt Murchadh. "Thug mi iomradh an uair ud air bàl an Ìochdair. Bha iad borb gun teagamh. Bhiodh buillean agus bragan ann. Làrna-mhàireach bhiodh bodach a' cuachaill timcheall staran an talla a' cruinneachadh fhiaclan 's gan cur ann an cnogan silidh – chan eil fhios a'm carson a bha e gam feumachdainn – agus shaoil mi gur e saoghal cruaidh a bh' againn. Ach nuair a chluinneas mi mu shaoghal P.R., cha robh anns an Ìochdar ach picnic."

"Thugainn, a Mhurchaidh," thuirt Raonaid. "Tha mi fhèin 's tu fhèin a' falbh air picnic. Port Ruighe an toiseach, agus an uair sin air ais a dh' Ùige, far am faigh thu gach nì gud àilgheas."

14

Tha Murchadh Amharasach

23 Lùnastal: 22.00

Ann an Rùm a Còig ann an Cuillin Lodge bha Suki na seasamh gun ghluasad ri taobh na leapa. Bha bogsa mòr cairt-bhùird na gàirdeanan, is e air a phasgadh ann am pàipear soilleir le riobanan tartain timcheall air. Chuir i sìos am bogsa gu grinn air mullach na leapa. Ghabh i ceum air ais agus bha meas aice air an obair a rinn i. Bhuail i a basan ri chèile, aon turas, mar gum b' e nighean bheag a bhiodh innte a' gabhail deagh bheachd air na rinn i.

Chualas guth Raonaid on taobh a-muigh: "Sguir, a Mhurch-aidh."

Thuirt Murchadh 's e air taobh a-muigh an dorais: "Tha mi gu toirt thairis, a Raonaid."

Choisich Murchadh a-steach dhan rùm is e a' giùlain Raonaid air a ghuailnean mar gum biodh e ag atharrais air fear na bainnse air oidhche na bainnse. Bha e gu math luiridneach, fann sa bhodhaig agus lag sna casan.

Bhruidhinn Murchadh ri Suki, is anail na uchd: "Mach às mo rathad, a bhean chòir . . . mun tig sròc orm."

Ghluais Suki gu sgiobalta gu aon taobh agus chaidh Murchadh seachad oirre air casan gu math lùigneach. Chaith e gun dheas-ghnàth Raonaid, a bha a' dèanamh praoisgeil, air mullach na leapa.

"'N aire dhan phreusant!" thuirt Suki.

Chaidh Raonaid air a glùinean agus chuir i làmh air a' bhogsa. "O, tha thu air preusant a thoirt dhuinn, a Mhs – . . . er, Suki?" thuirt i. "Tha sin fìor laghach dhìot." Bhruidhinn i ri Murchadh: "Nach eil, a Mhurchaidh?"

"Dè th' ann?" thuirt Murchadh.

"Fosgail am bogsa," thuirt Suki.

Shrac Raonaid am pàipear-pasgaidh thar a' bhogsa is i air a togail. "Cha chreid mi nach eil fhios a'm dè tha am broinn a' bhogsa seo." Ri Murchadh thuirt i, "Fan gus am faic thu seo, a Mhurchaidh." Tharraing i sreath an dèidh sreath de phàipear-pasgaidh agus mu dheireadh thug i a-mach ceas beag leathair. Chaidh a' chùis sa mhuileann oirre agus dh'fhosgail i e gu slaodach gus an deach camara a nochdadh. Sheall i ri Suki le ceist na sùilean.

"'S e camara a chanas sinne ris a sin," thuirt Suki.

"Tha thu toirt camara dhuinn?" thuirt Murchadh.

"Nach ann annad a tha an gill-onfhaidh! Chan eil mi ga toirt dhuibh. Togaidh mi fhìn pioctairean leatha . . . a-nochd . . . nuair a bhios sibhse còmhla san leabaidh! Och, cumaidh mi às ur rathad. Faodaidh mi a bhith nam sheasamh air an dreasair thall an sin –"

Choimhead Raonaid agus Murchadh oirre le uabhas, am beòil fosgailte. Chaidh deagh ghreis seachad. Mu dheireadh, rinn an triùir aca lachan mòr gàire.

"Dhutsa tha i, a Mhurchaidh," thuirt Suki. "Bha mi fìor

mhoiteil asad shìos an sin. Tha mi fhìn agus nighean òg à Thailand a tha ag obair anns a' Bhàr gu math mòr aig a chèile. Chaidh mi air chèilidh oirre is bha mi ann nuair a chuir thu smùid às itean Sam."

"Tapadh leat gu dearbh," thuirt Murchadh. "A-nis, Suki, an gabh thu ar leisgeul? Feumaidh Raonaid is mise a bhith leinn fhìn airson greis . . ."

"Nach ann agam a tha fios!" thuirt Suki. "Nuair a bhios mi ag obair shìos an staidhre anns a' bhàr 's a chì mi càraid òg nan suidhe air beingidh, ise na uchd 's iad a' pògadh a chèile gun stad . . . dhùraiginn a dhol a-null thuca 's a ràdh, 'Hoigh . . . sguiribh sa mhionaid . . . bheil sibh coma . . . ged a rachainn còmhla ribh? Tha deagh ghreis bhon a rinn mi a leithid!'"

Bha fiamh gàire air aodann Raonaid. "Dia leat, Suki," thuirt i. "Agus tha mi fada nad chomain. Dh'ionnsaich mi tòrr bhuat. Faodaidh sinn ar sùilean a dhùnadh 's a bhith a' bruadar air rud sam bith a bheir oirnn a bhith a' faireachdainn nas fheàrr." Chomharraich i i fhèin is Murchadh. "Ach seo cnag na cùise," thuirt i. "Seo a' chrìoch àraidh. Boireannach is fireannach còmhla, agus sin agad e."

Rinn Suki ùmhlachd gu grinn, a làmhan ann an suidheachadh na h-ùrnaigh.

"Suki?" thuirt Murchadh.

"Seadh?" thuirt Suki.

Thug Murchadh a-mach màileid-pòca làn airgid agus shìn e dhi cnap notaichean. "Am biodh tu cho math 's gun toireadh tu a-nuas botal champagne dhuinn?" thuirt e.

Leig Suki seachad an t-airgead agus dh'fhàg i an rùm gu rèidh. Rinn Murchadh crathadh guailne agus ghluais e gu oir na leapa is shuidh e ann.

Rug Raonaid air làimh Mhurchaidh. "Tha i aonaranach, a Mhurchaidh," thuirt i. "Tha truas agam rithe."

"Chan i na h-ònrachd," thuirt Murchadh.

Bha Raonaid air a togail agus ghlac i a dhà làimh na làmhan fhèin. "Tha mi dol a shealltainn rud dhut, a Mhurchaidh," thuirt i.

"A bheil?" thuirt Murchadh.

"Tha," thuirt Raonaid, "tha mi dol a shealltainn dhut dè mar a thèid agad air còmhradh a dhèanamh eadar thu fhèin agus am Murchadh a tha falaichte an taobh a-staigh dhìot."

"Okay," thuirt Murchadh. "Dè tha sinn a' dol a dhèanamh?"

"Dùin do shùilean, a ghràidh," thuirt Raonaid.

"Tha iad dùinte," thuirt Murchadh.

"Leig led inntinn," thuirt Raonaid, "falbh leis a' ghaoith . . . gu slaodach, màirnealach . . . dìreach mar a dh'fhalbhas driùchd na maidne air lòn aig èirigh na grèine . . ."

"'N e sin e?" thuirt Murchadh.

"Ist!" thuirt Raonaid. "Can às mo dhèidh: 'Dè a bu toigh leat gun dèanainn?'"

"Dè a bu toigh leat gun dèanainn?" thuirt Murchadh.

"'Càit am bu toigh leat gun rachainn?'" thuirt Raonaid.

"Càit am bu toigh leat gun rachainn?" thuirt Murchadh.

Bha dàil bheag ann.

"'Dè bu toigh leat gun canainn, agus cò ris a chanainn e?'" thuirt Raonaid.

"Dè bu toigh leat gun canainn, agus cò ris a chanainn e?" thuirt Murchadh, 's e a' leigeil osna.

Bha dàil na b' fhaide ann.

Leig Raonaid fa sgaoil a làmhan. "Bheil thu taght'?" thuirt i.

Bha tàmhachd ann.

Mu dheireadh, bhruidhinn Murchadh: "Tha, tha mi taght'."

"Bheil thu cinnteach," thuirt Raonaid, "gu bheil thu airson a dhol air adhart leis a seo?"

"Chan eil mi cinnteach às rud sam bith," thuirt Murchadh.

"Tha mise," thuirt Raonaid. "Tha fhios agamsa dìreach glan dè th' agam ri dhèanamh."

"Ma tha thu deònach faighinn a-mach dè as motha a tha dèanamh dragh dhomh," thuirt Murchadh, "innsidh mi dhut. Thèid mi fhìn 's tu fhèin dhan leabaidh còmhla an ceartuair. An uair sin, anns a' mhadainn, falbhaidh sinn a dh'Uibhist. Bidh mise nam throtan a' falbh a Chreag Ghoraidh a h-uile latha a dh'iarraidh botal ruma dhan bhodach. Bidh thusa am broilleach do theaghlaich fad latha no dhà, 's an uair sin thèid thu air ais dhan cholaiste ann an Glaschu agus bidh mise air m' fhàgail leam fhìn – bodach a tha sreap ri dà fhichead bliadhna dh'aois . . . na chulaidh-bhùird, na chulaidh-mhagaidh 's na chulaidh-thruais . . . dhutsa, Raonaid, agus dha do chompanaich."

"Èist –" thuirt Raonaid.

"Chan ann mar seo a tha mi ag iarraidh gnothaichean a bhith," thuirt Murchadh. "Neo-ar-thaing nach eil mi titheach air a dhol dhan leabaidh còmhla riut, a Raonaid. Ach 's e an rud a tha dol a thachairt às dèidh seo, sin a tha a' cur dragh orm."

"Chan eil . . . chan eil fhios agam dè chanas mi riut," thuirt Raonaid.

"Raonaid, carson a tha thu a' dèanamh seo?" thuirt Murchadh.

"A' dèanamh dè?" thuirt Raonaid.

"Chan eil annam ach dibhearsain dhutsa, a Raonaid, nach e?" thuirt Murchadh. "Tha an saoghal a tha romhad ro-òrdaichte. 'S chan eil àite ann dha mo leithid."

"Tha mi air a dhol tarsainn air a seo ceud turas," thuirt Raonaid. "'S e tha dhìth air mo phàrantan ach smachd a bhith aca air mo bheatha. Tha an Raonaid a tha an taobh a-staigh dhìom ag iarraidh a saorsa. Tha dùil aca rium a-màireach. Chan eil a chridh' agam na sheasadh sin."

"Ìosa!" thuirt Murchadh. "Chan eil do dhachaigh ach dà uair a thìde air falbh!"

"Chan eil mi dol a dh'Uibhist," thuirt Raonaid. "Tha mi dol dìreach a Ghlaschu."

"Ach caillidh tu, ma nì thu sin," thuirt Murchadh ". . . t' athair is do mhàthair . . . mise."

"'S dòcha gun caill mi rudeigin," thuirt Raonaid. "Ach buannaichidh mi rudeigin a tha fada nas prìseile. Bidh mi saor."

"Saor?" thuirt Murchadh. "An do smaointich thu air duine sam bith eile?"

"Ma tha cruaidh-fheum agam air rud sam bith," thuirt Raonaid, "'s ann air sin a bhios m' aire, a Mhurchaidh. Mura bi mi fhèin toilichte – ma tha agam ri bhith dèanamh rudan ge b' oil lem ugannan – chan urrainn dhomh duine eile fhàgail toilichte."

Sheas Murchadh agus choisich e gu lùigeach a-null chun an dreasair.

15

Aiseirigh an Fhuamhaire

23 Lùnastal: 22.10

"Saoilidh mise gu bheil blas gu math grod air a sin, Raonaid," thuirt Murchadh. "'Mi fhìn, cò ach mi fhìn?' Chanainn-sa nach eil dragh agad ma bhios tu saltairt air na faireachdainnean a bhios aig daoin' eile."

"Trobhad, a Mhurchaidh," thuirt Raonaid, "na bi gam thrèigsinn idir."

"An e seo an rud as fheàrr a nì thu dha do phàrantan?" thuirt Murchadh. "An e seo an rud as fheàrr a nì thu dhòmhsa? Bheir thu faochadh na h-aon oidhche do dhuine a dh'fhaodadh a bhith na athair dhut, agus an uair sin tha thu gar trèigsinn air fad?"

"Ceàrr!" thuirt Raonaid. "Tha thu air an gnothach a thogail ceàrr, a Mhurchaidh."

"Aig a' char as lugha, inns an fhìrinn dhomh," thuirt Murchadh. "Ciamar a tha thu a' faireachdainn mum dheidhinn-sa? An e gu bheil tarraing annam dhutsa dìreach air sàillibh 's gu bheil mi caran bog agus gu bheil e furasta dhut smachd a chumail orm?"

"Chan e!" thuirt Raonaid.

"Oir tha teachdaireachd agam dhut, a nighean," thuirt Murchadh. "Tha mise ag atharrachadh. Bheil fhios agad, tha mise saor cuideachd, a chionn 's gu bheil mi sòbarra? Agus 's e faireachdainn mhath a th' ann."

Thàinig stad annta.

"Mhurchaidh," thuirt Raonaid, "bheil thu smaointinn gun tèid do thiodhlaiceadh ann an Cladh Bhaile nan Cailleach?"

"Dè tha aige sin ri dhèanamh ris na bha sinn a' bruidhinn air?" thuirt Murchadh.

"Bheil thu smaointinn," thuirt Raonaid, "gun cuir thu do chùl ris a' bhodach, ri oifis an DSS, na smùidean aig bainnsean 's aig dannsaichean an Talla an Ìochdair a-chaoidh?"

Leig Murchadh osna. "Feumaidh mi a h-uile sìon dhen sin fhàgail uair no uaireigin," thuirt e. "Dh'fhalbhainn a-màireach . . . nam biodh mo roghainn agam."

"Tha roghainn agad, a Mhurchaidh," thuirt Raonaid. "Thugainn a Ghlaschu còmhla riumsa. Thèid mi air ais dhan cholaiste gun teagamh. Ach gheibh mi obair phàirt-ùine cuideachd. Bidh mise nam thacsa dhutsa. 'S tusa am fear a bu chòir a bhith a' dol dhan cholaiste, a Mhurchaidh."

Bha iad sàmhach poile.

Ghluais Murchadh air falbh on dreasair is chaidh e air ais chun na leapa. "Feumaidh tusa rudeigin a dhèanamh an toiseach," thuirt e.

"'S ann a tha mi ro dheònach – trobhad, a Mhurchaidh, fàisg mi."

"Chan eil ann an sin ach pàirt dheth. Feumaidh tu rudeigin eile a dhèanamh," thuirt Murchadh.

"Dè rud?" thuirt Raonaid.

"Feumaidh tu mo phòsadh," thuirt Murchadh. Stad e a bhruidhinn. "Chan eil fàinne agam – bha fear agam ach –"

Thug seo gàire air Raonaid. "Mas e sin a tha dhìth ort . . . okay," thuirt i.

"Coma leat a bhith a' cantail 'okay' mar gum bithinn gad fhiathachadh gu cupa tì," thuirt Murchadh. "Aig amannan chan eil mi gad thuigsinn, a Raonaid. Chan eil fhios agam dè tha air tachairt eadarainn. Bhruidhinn mi ri . . . umh, ris a' Mhurchadh a tha an taobh a-staigh dhìom mar a dh'iarr thu orm a dhèanamh – agus 's e am freagairt a fhuair mi gun a dhol nad chòir às aonais gealladh-pòsaidh. Bheil dòchas beag air choreigin ann dhuinn?"

"Cò aige a tha fios?" thuirt Raonaid. "Chan eil a-màireach air a ghealltainn dhuinn. An rud a tha an dàn dhuinn, cha tèid e seachad oirnn."

Shuidh Murchadh air oir na leapa agus chuir e a làmhan air a guailnean. "M' eudail bheag ortsa," thuirt e gu ciùin.

"Cha toir mi droch ghrèidheadh dhut gu bràth, a Mhurchaidh," thuirt Raonaid. "Sin mar a tha mi a' faireachdainn an-dràsta, agus chan eil fhios a'm dè tuilleadh a chanas mi riut." Shlìob Raonaid a ghruaidh le cùl a làimhe. An dèidh sin, dh'fhan an dithis aca gun ghluasad.

Gu mall, gun labhairt, dhragh Murchadh an duvet gu aon taobh. Sheas e dìreach agus theann e ri cur dheth a chuid aodaich. "O, Raonaid . . ." thuirt e.

Thug cuideigin gnogadh gealtach air an doras. Cha tug Murchadh is Raonaid feairt air. Bha iad a' sealltainn gu gaolach ri càch-a-chèile.

"Fuirichidh sinn còmhla an Glaschu, dè?" chagair Raonaid.

Ghnog Murchadh a cheann 's e a' cur aonta rithe, agus chuir e dheth a bhriogais. Thòisich na buillean air an doras a-rithist, na b' àirde an turas seo.

"'S fìor thoigh leam thu, a Mhurchaidh," thuirt Raonaid.

"'S fìor thoigh leamsa thusa, a Raonaid," thuirt Murchadh. Bha e an impis leum dhan leabaidh còmhla ri Raonaid nuair a thàinig Mòrag a-steach dhan rùm air casan gliogach 's i a' giùlain botal champagne.

Cho luath 's a dh'fhosgail i a beul, bha e furasta aithneachadh gu robh smoidseag bheag laghach oirre. "O, 's e an gaol a th' ann," thuirt i. "Mar a thuirt Neruda –"

"Tha saoghal socair aig na Nerudas," thuirt Murchadh. "'S iad a tha faighinn na h-obrach air fad anns na h-eileanan."

Chùm Mòrag oirre a' bruidhinn: "Mar a thuirt Neruda –"

"O, champagne!" thuirt Raonaid. "Nach mìorbhaileach sin, a Mhurchaidh! 'S e a chòrdadh riumsa an-dràsta ach glainne dheth."

"Mar a thuirt Neruda –" thuirt Mòrag.

"Faodaidh tu am botal air fad òl," thuirt Murchadh ri Raonaid. "Gabhaidh mise an t-uisge fuar."

"Mar a thuirt Alasdair Iain Bhig –" thuirt Mòrag.

"Alasdair Iain Bhig?" thuirt Raonaid. "Dè thachair do Neruda?"

"Tha sibh cho aineolach," thuirt Mòrag, "is nach robh duine dhen dithis agaibh airson a chluinntinn dè thuirt Neruda."

Rinn Murchadh gàire bàidheil ris na boireannaich. "Okay," thuirt e ri Mòrag, "dè thuirt Alasdair Iain Bhig?"

"Thuirt e gu robh triùir ann a dh'fheumas sinn an aire a thoirt orra," thuirt Mòrag. "'S iad sin naoidhean cìche, banntrach bhochd agus doras bàthaich."

Bhruidhinn Raonaid mar gum b' e adhbhar-iongnaidh a bha i

air a chluinntinn: "An tuirt e sin? Tha sin gu math èibhinn. Chan eil fhios a'm a bheil buintealas aige ri rud sam bith. Ach chòrd e rium. Tha mi ag ràdh seo dìreach mar fhacal – tha an t-àm agaibh falbh air saor-làithean . . . fad mìos co-dhiù," thuirt i.

"O," thuirt Mòrag, "tha mi a' falbh an ùine nach bi fada . . . a Steòrnabhagh!"

Bha Murchadh a' fàs mì-fhoighidneach. Ghlèidh e a bhriogais teann ri ghobhal. Le duilgheadas thug e a-mach pasgan notaichean à pòca agus spàrr e na dòrn e.

"Seo, gabh sin," thuirt e. "Tha mi 'n dòchas gun còrd Steòrnabhagh ribh . . . 's math an rud ris am bi dùil."

"Bho do bhilean gu cluasan Dhè!" thuirt Mòrag. Air ball dh'fhàs i sàmhach. Bha i mar gum biodh i air a bualadh le dealanach. Rinn i sgrùdadh mionaideach air Murchadh. Bha e follaiseach mar a bha i a' coimhead air o bhun gu bàrr, 's a ceann a' sìor dhol suas is sìos, gu robh i a' feuchainn ri tomhas dè an àirde a bh' ann. "Dè a thuirt thu an uair ud?" thuirt i, 's cha mhòr nach tàinig rachd oirre.

"Cuin?" thuirt Murchadh.

"Mhurchaidh, greas ort," thuirt Raonaid ann an guth caointeach.

"'S math an rud –" thuirt Mòrag.

"'S math an rud ris am bi dùil?" thuirt Murchadh.

"'S math an rud ris am bi dùil!" thuirt Mòrag 's i a' sgiamhail. Theab i dhol na breislich. "Sin na briathran beannaichte! Tha thu dìreach aige! 'S e Dia fhèin a chuir an rathad thu!" thuirt i.

Stob Raonaid a ceann fon chluasaig agus bhruidhinn i ann an guth smùdach: "O, na can rium! Faigh cuidhteas i, Mhurchaidh."

Stiùir Murchadh a' chailleach, a bha fhathast air bhoil 's i a' sìor dhèanamh cabaireachd, chun an dorais. "Bruidhnidh sinn air seo anns a' mhadainn," thuirt e. "Gabh deagh mhuga Horlicks . . . Siuthad, a-nis . . . Oidhche mhath . . . Cadal math . . . Fairichidh tu nas fheàrr ma ghabhas tu norrag . . ." Dhùin e an doras agus chuir e car dhen iuchair.

Thug Mòrag spochadh thuige bhon trannsa. "'S aithne dhomhsa cò thu," thuirt i. "'S tusa am Fuamhaire Èirisgeach. An tug thu leat m' airgead?"

Bha Murchadh air a chur troimh-a-chèile. Sgrìob e a ghruag is choisich e a-null chun na leapa.

"Am Fuamhaire Èirisgeach?" thuirt Raonaid. "Uill, 'ille mhòir, trobhad an seo gu 'm faic sinn an e an fhìrinn a th' aig an truaghag a tha sin."

Chuir Murchadh às an solas is chaidh e innte gu mìn. Cha robh ri chluinntinn ach brìodal cuireadach agus siosarnaich aodaich leapa anns an dorchadas.

Iar-Fhacal

1 Steòrnabhagh

Tha Mòrag air a dhol neo-smachdte gu tur bhon a thill i dhachaigh a Steòrnabhagh. Tha i air tromachadh air an deoch gu mòr. Tha taigh beag aice anns na Ceàrnan agus a h-uile latha dhe beatha tha i ag òl botal liotair de bhodca ann. Bidh dràibhearan nan tagsaidh a bhios a' toirt na dibhe thuice ag èigheach 'Pension Plan' oirre mar ainm.

2 Ùige

Tha Iain, le a chonacag, fhathast ri fhaicinn, 's ri chluinntinn, timcheall air Cidhe Ùige. Dèan cinnteach, ma tha e an làthair, ma chaitheas tu smugaid, nach imlich thu do bhilean às a dèidh.

'S e duine seanraigeach a th' ann an Nigel fhathast. An-uiridh, reic e deich dhe na h-ìomhaighean de dh'Ìosa agus Frank Bruno a bhios e a' cruthachadh.

Tha Suki a' dèanamh fortan ann an Cuillin Lodge. Fhuair i eolas tro MySpace air sgioba de chlann-nighean à Thailand, thug i fiathachadh dhaibh tighinn a dh'Alba, agus chuir i a-steach iad do charabhan sa chùl, agus a h-uile h-oidhche bidh dithis dhiubh sin, tè mu seach, a' dèanamh lap-dancing anns a' Chocktail. Bidh i a' toirt rabhadh dha na fireannaich a bhios a' lìonadh an àite gach feasgar: 'Faodaidh sibh coimhead, ach chan fhaod sibh beantainn dhaibh.'

3 *Glaschu*

Chan iarr Murchadh an saoghal fhàgail. Anns an oilthigh, tha e an lùib poilitigs a' mhòr-chuid dhen ùine. President of the Debating Society. Student Senate. Chan eil cus ùine air fhàgail airson foghlam. Gidheadh, tha e a' dèanamh a dhìchill. Theab e tuisleachadh aig àm na Nollaig. Bha e air obair mhòr a dhèanamh a' deasachadh pàipeir airson an duine a bha a' teagasg Sociology. Nuair a fhuair e a-mach nach d' fhuair e ach Beta Minus air a shon, bha e air a ghonadh gu mòr. Ghabh e smùid a' chofaidh an oidhche sin. An ath latha, thuig e gu robh e a' sleamhnachadh dhan taigh-bheag a-rithist agus rinn e an rud ceart. Shòbraich e. Chaidh e far an robh am fear-teagaisg agus dh'fhaighneachd e dha càit an robh e a' dol ceàrr. Dh'inns am fear a bh' ann dè mar a dh'fhàsadh e na b' fheàrr air sgrìobhadh. Bhon uair sin, tha e air a bhith air an t-slighe dhìrich agus tha na comharraidhean aige a' sìor fhàs nas fheàrr.

Chan e rathad siùbhlach rèidh a bhios Raonaid a' leantainn. Tha i air a bhith a' fònadh is a' cur phost-dealain gu a pàrantan gu math cunbhalach o chionn ghoirid. Nuair a dh'fhaighnicheas iad dhi dè bha i a' ciallachadh nuair a thuirt i as t-samhradh gu robh duine eile a' tighinn dhan teaghlach, innsidh i dhaibh *nach eil* i trom agus gu bheil i an dùil fireannach a thoirt dhachaigh leatha nuair a thig na lathaichean-saora. Nuair a dh'innseas i dhaibh nach e Murchadh a bhios còmhla rithe, gheibh a pàrantan faothachadh. An rud nach bi i ag innse dhaibh, 's e gum bi i a' tighinn le gille àrd, dorcha, brèagha ris an do choinnich i anns an oilthigh. 'S e an t-ainm a th' air Said Khan.

4 *Peairt*

Tha Doilìna, a' chailleach chraite air an robh Sam a' suirghe, a-nis air ais aig an taigh. Tha i uabhasach trang a' sgrìobhadh litrichean a h-uile latha gu bodach a tha ann am Barlinnie an-dràsta a chionn 's gur e murtaire a th' ann. Tha iad an dùil pòsadh anns a' bhliadhna 2015 nuair a leigeas iad fa sgaoil e, agus a bhios ise trì fichead bliadhna 's a deich a dh'aois.

Bha Sam air a dhol às an amharc airson greis an dèidh dha a bhith air a dhìteadh air beulaibh Bòrd Tong Television. Bha fathannan ann, ge-tà, gu robh e air an t-sràid a' reic *The Big Issue* agus gu robh e ann an ostail far an robh e a' faighinn detox. Cha chuala duine guth cinnteach mu dheidhinn gus an tàinig nuadal a-nuas gum facas e ann an Taigh-òsta Chaberfeidh an Steòrnabhagh aig àm a' Mhòid Nàiseanta. Tha e coltach gu robh e fhèin agus Niall Friseal agus Seonaidh Ailig Mac a' Phearsain – dithis a bha an sàs ann an Seirbheis nam Meadhanan Gàidhlig – a' sainnsireachd ann an oisean gu uaireannan beaga na maidne. Sianal didseatach no rudeigin. Tha far-ainm ùr air Sam: Làsarus.